AF434347

CIUDADELA

REBELIÓN

Marcelo Rojas

Ciudadela: Rebelión

Primera edición: diciembre de 2021

Copyright © 2021 Marcelo Rojas

Todos los derechos reservados.

ISBN: 978-956-404-667-9

Registro de propiedad intelectual: 2021-A-8625

Diseño de portada: Marcelo Rojas

Ilustración de portada: Andrés Ortega

CIUDADELA
REBELIÓN

Saga Colosal

Marcelo Rojas

Para Matilda,

la hermosa niña

que me da fuerzas

y esperanzas.

Una sola idea te puede motivar,

Una sola idea puede salvarte,

Una sola idea puede cambiarlo todo,

Unamos nuestras ideas, por un mundo mejor.

Marcelo Rojas

PRÓLOGO

El mundo en el que vivimos es extraordinariamente maravilloso, con historia ancestral y avances tecnológicos fascinantes. Quien pensaría que hace solo algunos miles de años atrás recién nos encontrábamos descubriendo el fuego y explorando los usos de la rueda y sin embargo ahora, nos podemos comunicar de manera inalámbrica en tan solo un instante. Cómo será nuestro desarrollo que, en menos de cien años fuimos capaces de volar en un aeroplano y más tarde, tener el privilegio de llegar a la luna (o eso nos hicieron creer).

Podrías ser capaz de imaginarte entonces, ¿Cómo nos encontraríamos en los próximos ciento cincuenta años? ¿Qué sería de nuestra evolución científica o tecnológica? ¿Qué cosas seremos capaces de crear o inventar? ¿Qué cosas impresionantes descubriremos? o simplemente ¿Qué nos deparará nuestro futuro?

Primero que todo, antes de adentrarnos en imaginar nuestro futuro, es importante indagar en nuestro pasado, pues nuestra historia es la interrogante del por qué somos como somos y, más importante aún, es nuestro presente, porque según lo que definamos ser y cómo nos comportemos, será determinante para, efectivamente, ver el resultado de nuestras acciones.

A nuestro alrededor tenemos una exquisita cultura, vasta y extensa, religiones y credos por doquier y diversidad de razas que permite identificar el origen de nuestra descendencia, antepasados, región o localidad.

Las múltiples sociedades son capaces de buscar fórmulas de coexistencia y establecer sus propios mandatos y normativas para, de esta manera, ordenar y estructurar la civilización y por consecuencia, definir los modos de interacción y el emplazamiento de comunidades.

Los diversos seres vivos que habitan nuestro planeta, forman majestuosos ecosistemas que sustentan la vida de animales y plantas, desde el más mínimo y microscópico organismo hasta la bestia más desmesurable y que, comparten el ciclo de la vida sin perjudicarse entre ellos mismos.

Así contamos también, con variados climas y una gran gama de terrenos extremos y de áreas independientes y combinadas, que brindan de posibilidades y oportunidades para desempeñarse, encontrando por ejemplo planicies, valles, glaciares, desiertos, montañas, selvas, lagunas, océanos, entre otras.

Actualmente, como especie dominante, somos responsables de la contaminación de nuestro medio ambiente, del cambio climático, de la invasión de áreas protegidas e incluso de la extinción de seres vivos y, de cierta manera, estamos omitiendo la labor de preservar y ayudar a que estas situaciones cambien.

Los recursos naturales, limitados, por cierto, se están agotando a pasos agigantados, puesto que la producción y demanda es mucho más elevada que nuestros preciados recursos que consumimos a diario y resulta poco producente (lamentablemente), indagar otros medios aceptables y amigables que sean capaces de sustentar nuestras ambiciones.

Por otra parte, a lo largo del tiempo, se han llevado a cabo numerosas guerras cuyo único resultado es la matanza y destrucción entre nosotros mismos. La convivencia, aceptación y empatía, parece por momentos olvidada y la crueldad florece entre manos hermanas.

La reflexión es bienvenida al igual que las buenas acciones. Existe una diferencia entre dejar una herencia y dejar un legado. La herencia se puede traducir en algo material, mientras que el legado se transforma en buenos valores para nuestros descendientes. Sumemos y aportemos con nuestro grano de arena, corrijamos a nuestros amigos, enseñemos a nuestros hijos, cuidemos nuestros recursos, reciclemos, seamos buenas personas y quizás, solo quizás, dejemos un legado mejor del que recibimos de nuestros antepasados a las futuras generaciones.

Capítulo I

Ciudadela

No te podría decir en qué siglo estamos, mucho menos te podría decir con exactitud qué año es. Es inimaginable describir un futuro incierto e inesperado. Sería poco prudente siquiera pensar en lo que debió haber ocurrido para acabar de esta manera. ¿Será nuestro modo de vida acaso el resultado de nuestro comportamiento?, ¿de nuestras decisiones?, ¿o simplemente fuimos castigados y estamos pagando nuestras faltas a Dios? ¡En fin! Son muchas las preguntas que a diario me cuestiono, pero pocas las respuestas que encuentro.

La mayoría diría que soy una mal agradecida por esquivar los deberes que me son asignados. Que apelo a mi egoísmo con el solo afán de inmiscuirme en asuntos que no me competen. Que carezco de responsabilidad o de sentido común y que en ocasiones causo algunos desmanes. Bueno, en eso último quizás tengan razón.

Soy Sam, por cierto, abreviado de Samantha, y aunque muchos me describan como traviesa y desenfocada, yo me describiría como soñadora y aventurera. Desde niña he vagado por todos los sectores de la Ciudadela, ¡Sí, Ciudadela! Así llamamos a nuestra ciudad. Es la única ciudad que queda en pie, la única que surgió de entre las cenizas y se ha mantenido hasta ahora.

¿Quién pensaría que una fortaleza semi abandonada sería la única esperanza de la humanidad? Que todo lo que queda de la civilización esta resguardado por estos inmensos muros impenetrables. La rodea un cordón montañoso, colinas, valles y en sus bordes un frondoso bosque y defendida, en sus espaldas, por el acantilado que culmina en el mar, donde día y noche sus faldas son acariciadas por el azote de las olas. Roca sólida y blanca que irradia una sensación de seguridad que por momentos se traduce en encarcelamiento.

Hace diecinueve años que soy esclava de la Ciudadela. Ya sé que a estas alturas se me considera como una mal agradecida, pero… ¿Que hice yo para merecer vivir así?, bajo estas condiciones tan extremas para una joven. A mi edad debería tener otro tipo de preocupaciones; como salir a fiestas, recorrer el mundo, estudiar, tener novio o ir de compras. ¿Es mucho pedir acaso? Sin embargo, me criaron para ser una niña educada que obedece órdenes, que sabe cómo comportarse en la mesa, que no puede reírse en público y que debe acatar las decisiones que fueron tomadas sin consultaciones.

Olvidé contarles que mi padre es el monarca de la Ciudadela, la autoridad máxima a quien todos rinden homenaje. Es quien interpone las leyes que nos rigen y vela por la supervivencia de nuestro pueblo. Al igual que su padre, el cargo de monarca le fue concedido por linaje. Quizás sea la razón de su empecinamiento en educarme y mantener ideales firmes para que cuando él no este yo pueda gobernar a sus ciudadanos. ¡Claro, como si hubiera mucho que gobernar! ¡Como si hubiera otros reinos que estuvieran interesados en crear un imperio! Como sea, mi intención jamás ha sido convertirme en la líder que desea mi padre. No va conmigo el poder ni la ambición.

El monarca Kharén ha tratado a lo largo de sus años mantener la estabilidad del pueblo a través de su sabiduría y liderazgo innato. Su experiencia le ha brindado las habilidades necesarias para dirigir con el ejemplo. Ha sabido manejar rencillas y conflictos de los extremistas y la paz ha triunfado en la civilización que él y sus antepasados quieren imponer como legado a las futuras generaciones.

Para mí el trabajo de un monarca es fácil de realizar, cuando tienes súbditos que hacen todo por ti. Si necesitas ropa limpia solo debes pedirlo. Si necesitas enviar un mensaje solo debes mandar a alguien a entregarlo. Si quieres un baño con agua caliente, alguien calentará el agua por ti y si te sientes cansado, alguno de tus seguidores te podría servir un té o hacer un masaje.

A pesar de todo, con súbditos o no, mi padre y mis antepasados han logrado constituir una civilización cohesionada, en la cual cada habitante juega un rol fundamental para coexistir y sobrevivir a lo largo de los siglos. De la nada, consiguieron construir los cimientos que hoy nos gobiernan y nos han mantenido a salvo por tanto tiempo.

La verdad, es que no sabría decir con exactitud cómo se fundó nuestra Ciudadela ni cuál es nuestra historia a ciencia cierta. La verdad en sí es parte del pasado, del pasado confuso y borroso del cual solo existen especulaciones inciertas, rumores arraigados en lo profundo de nuestros orígenes que algunos dan por hecho, y otros, en cambio, aluden a las teorías e hipótesis contadas de generación en generación, sin la certeza de que realmente así haya ocurrido todo.

Existen varias leyendas rondando nuestro pueblo acerca de cómo fue realmente que la humanidad como era conocida se convirtió en lo que hoy entendemos, en lo que somos actualmente. Como fue posible que el homo sapiens, la especie dominante y más inteligente fuera devastada completamente y no quedara rastro alguno de su paso a través del tiempo. Se habla de una antigua guerra donde se confrontaron tres bandos absolutos y poderosos. Fue tan gigantesca que involucró a toda la humanidad, muchos se vieron involucrados sin tener arte ni parte. Se utilizaron armas brutales, capaces de destruir masas de tierra al instante. Destrucción que redujo todo a cenizas y borró las huellas de la existencia humana.

Otros hablan de la alteración del clima. Cambio en las condiciones físicas y biológicas del planeta, desgaste de los recursos nativos y extracción indiscriminada de bienes naturales. Olas de calor que duraban meses, seguidas de un frio sin compasión. Reacción desmedida como resultado del descontento acumulado del mundo traducido en grandes sismos simultáneos que azotaron todos los valles. Erupciones volcánicas terrestres y marinas también se hicieron presentes, acompañados de inundaciones de los terrenos bajos.

Huracanes y tornados también aportaron con la devastación y el pueblo de los hombres y mujeres nada pudo hacer para protegerse. Seres indefensos ante una naturaleza enfadada. Contaminación del suelo, de los cielos y del agua ¿Quién podría sobrevivir ante semejante muestra de venganza?

Otra historia habla de enfermedades ancestrales, peligrosísimas y extremadamente contagiosas. Pandemias brutales y azotadoras que aniquilaron no tan solo a las personas, sino que también a los animales. Pobres y desamparados, a pesar del refugio colectivo, no fueron capaces de sobrevivir a tan despiadada condicionante y repentina crueldad desoladora.

Una de las teorías más descabelladas dice que nuestros antepasados, por algún motivo desconocido, se convirtieron en zombies. ¡Sí, zombies! ¿Puedes creerlo? Me resulta difícil imaginar personas comiéndose entre sí. Que asquerosa y repugnante manera de morir. ¡Qué asco!

En fin, me habría encantado saber cómo se vivía antes. Hay antiguos registros en la biblioteca, pero la mayoría están restringidos y los que he podido observar están tan borrosos y en lenguas tan extrañas, que no alcanzo a comprender lo que querían decir.

¿Que pienso yo de toda esta historia? Más adelante les iré compartiendo mis apreciaciones. Por ahora me interesa describirles como es nuestra Ciudadela. Te invito a recorrer los rincones de nuestra fortaleza en el fin del mundo.

A estas alturas conozco cada salón, cada rincón, cada atajo y cada pasadizo secreto. ¿Cómo no? si de niña que acostumbro a rondar las instalaciones. Brincando, caminando, corriendo y a veces huyendo, dependiendo de la ocasión.

Partiré hablando de la escuela y centro de investigación liderado por Rebeca, nuestra querida profesora, quien está a cargo del aprendizaje de los pocos niños que habitan la Ciudadela. La escuela está ubicada en el primer piso del segmento noreste. Tiene acceso por el pasillo B-3. Suelo y muros de piedras encuadradas y salones utilizados como talleres. Mamparas que invitan los rayos del sol y brindan claridad absoluta hasta el mediodía. Se puede salir al patio menor, espacio donde los niños pueden jugar, correr y disfrutar su etapa de crecimiento, antes de incorporarse a los trabajos rutinarios que la comunidad exige.

Rebeca es la persona más justa que conozco, siempre preocupada por los demás, tiene una entrega enorme por su trabajo. A pesar de que no tiene hijos, cuida, entretiene y enseña a los niños y niñas como si fueran propios. No pierde la esperanza de ser madre aun junto con su pareja, el Capitán de la Guardia.

Las actividades en la escuela son bastante entretenidas, en ocasiones sirvo como ayudante de la profesora porque entiendo que estos niños serán un gran aporte en el progreso de nuestro pueblo. A veces dibujamos los paisajes, contamos historias, nos disfrazamos, actuamos y entre todos aprendemos y nos divertimos.

El centro de investigación en cambio, continuo a la sala de clases, está pensado para estudiantes mayores y adultos que tienen la labor de hacerle seguimiento al comportamiento y variaciones del clima, registrar los animales y aves existentes a través de bosquejos, donde se desglosa sus características, hábitos y comidas. De momento sabemos que la mayoría de las especies se extinguieron, algunas se adaptaron, así como también aparecieron otras formas de vida, tanto animal como vegetal. Los análisis del agua también son importantes, puesto que deben purificarla y dejarla apta para el consumo mediante el sistema de filtración. También le dedican tiempo a la observación de las estrellas, a hacer uno que otro experimento y cuanta cosa que ayude a mejorar e innovar en pro de optimizar la sustentabilidad de nuestra fortaleza y que permita también, renovar y recrear en base a la antigua y poca tecnología que nos queda.

Una de las áreas y funciones más importantes que poseemos son los campos invernaderos. En este sector se suministran las hortalizas, setas, frutas y verduras para el consumo de toda la comunidad. Como los recursos que tenemos son limitados, debemos racionar las cantidades de manera proporcional y homogénea, así que gran parte de nuestra supervivencia depende del trabajo que realizan estas personas que, de manera esforzada, trabajan la tierra para lograr extraer sus frutos. Los campos invernaderos están ubicados en el ala este de la fortaleza y también en parte se extiende fuera de esta donde la tierra es más favorable. En ocasiones los agricultores titulares han tenido que viajar en expediciones por semanas, atravesando extensos valles, para conseguir semillas de frutos y flores silvestres para incorporarlas en el cultivo. De cierta manera saben que, sin su aporte a la comunidad, esta se vendría abajo y tendríamos escases de comida, desnutrición y quien sabe qué otra cosa.

Los piratas (o al menos así se hacen llamar) son el escuadrón marino, encargados de conseguir los alimentos del mar. Se las han ingeniado para pescar las más variadas especies submarinas, sin explotar las zonas de cultivo. Ya sea bajo o sobre el mar, estos tipos han descubierto toda clase de técnicas para adquirir nuestra cena. Algunas veces han capturado peces nada de apetitosos, de extrañas formas y tamaños que al parecer son resultado de evoluciones descontroladas, pero respetan su fiel argumento de: "si está en el mar se come". Entonces, ¿Que podríamos hacer ante tan irrefutable mandamiento? Simplemente deleitarnos y ser agradecidos de tener nuestro estómago saciado.

Los ganaderos, por otra parte, crían y mantienen saludables a los Murds, que son una especie de carneros de pelaje corto con alas poco desarrolladas e incapaces de volar. Son tan tiernos y lindos que adopté a uno y me hice vegetariana. Gracias a Niko (así se llama) respeto aún más a los animales y a estas alturas es mi confidente y amigo. Tiempo atrás los ganaderos como Piero, Kan y Enzo también eran cazadores que a menudo cruzaban las puertas de la Ciudadela para emprender cacerías de animales salvajes. En ocasiones llegaban con abundante carne, pero de vez en cuando llegaban menos cazadores, debido a que en las planicies y terrenos montañosos se encontraban con grandes y feroces animales. Así que, mi padre prefirió priorizar la crianza de animales domesticados y de menor envergadura, como las aves truchas.

La sala de calderas, que es la central que mantiene calefaccionada la Ciudadela se encuentra en el primer subterráneo. Es de vital importancia en los periodos fríos y de congelamiento que pueden durar meses. El sistema en si es algo desconocido para mí y aun no lo entiendo a cabalidad. Lo que sí sé, es que se aprovecha el agua del rio para evaporarla y contenerla. Se desplaza por el sistema de cañerías, bastante antiguo y oxidado, por cierto, que recorre los salones principales, la escuela y las habitaciones. Solía inmiscuirme cuando niña para verificar dónde comenzaba y terminaba el circuito de cañerías. Bajaba al subterráneo y podía ver el corazón caliente y apasionado de la Ciudadela, aquel que nos reconfortaba de calor y nos protegía del crudo y azotador invierno. Podía compartir también con la cuadrilla de revisión de temperatura, suministro, manivelas y niveles. El equipo es liderado por Marcus, quien siempre me delataba y me corría del lugar. Trataba a sus hombres sudorosos como hermanos y me decía que no era lugar para una hermana pequeña.

El centro de oración está ubicado en uno de los grandes salones. Es el refugio de los monjes que resguardan nuestras creencias religiosas. Son los protectores de la fe y esperanza de nuestra nación. Visten largas túnicas amarillas que llegan hasta el suelo. Son bastantes amables conmigo y fieles súbditos de mi padre. En ocasiones sirven como sus consejeros. También brindan el apoyo de consejería espiritual hacia los habitantes del pueblo. Promueven la existencia del ser celestial y oran gran parte del día. Parte de sus oraciones tienen que ver con la protección de nuestro pueblo y la guía que necesitamos para subsistir. La solidaridad y la unión de nuestra gente es importantísima para el funcionamiento de nuestro estilo de vida.

La enfermería está a disposición de todo aquel que lo necesite. Si eres niño y te caíste al correr, si sufriste una quemadura en las calderas o si sientes dolor estomacal puedes visitar el tercer piso para solicitar la atención del equipo médico de contención. En este lugar encontrarás la ayuda del personal especializado y si tienes alguna enfermedad más compleja te puedes internar en el sector del hospital primario. No es un hospital de lujo, pero cuenta con insumos básicos y tratamientos naturales capaces de contener enfermedades no mortales.

La Guardia es el sistema de defensa y vigilancia que poseemos. Dependen y rinden cuenta al monarca, y de cierta manera están restringidos a actuar deliberadamente, pero siempre respetando las normas de convivencia segura. El capitán de la guardia es Bruce, quien es el encargado de mantener a raya a uno que otro rufián que se quiera pasar de listo, junto con los integrantes de la guardia, claro. Bruce tiene a su disposición el cuartel asignado como centro de mando, las altas torres de vigilancia que gozan de una vista privilegiada, la zona oscura (así llamo a los calabozos) y la confianza de mi padre y sus consejeros.

A los reparadores se les asignan varias funciones, todas prácticas y fundamentales, claro está. En primera instancia son los encargados de recolectar y disponer de los deshechos que se generan en la fortaleza. Su tratamiento, reciclaje y disposición final. También son los encargados de las labores de mantenimiento de cualquier tipo. Son un apoyo esencial para el correcto funcionamiento sustentable de nuestra infraestructura. Si no fuera por este equipo no sabríamos que hacer en los cortes de suministros básicos. Estaríamos vagando a la deriva. A parte de reestablecer el suministro eléctrico, también son responsables del sistema de regadío (vital para los campos invernaderos), de mantener y reforzar el cierre perimetral, trabajar en conjunto con los hombres de Marcus y de estar disponibles a toda hora en caso de algún desperfecto.

Algunos de los pasatiempos preferidos de nuestros ciudadanos es el teatro. Sí, contamos con algunas obras interpretadas y caracterizadas genuinamente por el cuerpo teatral. Personas como tú y yo apasionadas por la actuación. El arte también gana terreno en ocasiones, sobre todo la pintura, el canto y el baile. El tejido tiene bastantes adeptos al igual que los grandes telares desarrollados por nuestras ancianas y mujeres devotas de esta actividad.

Hay deportes de balones también. Balones pequeños y grandes. Los campeonatos de macrentone son geniales. El macrentone es un juego con un balón y bastones que se juega por equipos y tiene la finalidad de marcarle al equipo contrario. Una vez tuve las agallas para incorporarme en el equipo de las caracolas, pero no fui tan buena como esperaba. Pensándolo bien es bastante rudo. Quizás la próxima temporada me acepten nuevamente y pueda demostrar mi agilidad y rapidez en el campo de juego. Los campeonatos paralizan totalmente la ciudad. Todos los habitantes demuestran su pasión, energía y entusiasmo por esta divertida tradición ciudadelosca como yo la llamo.

El Clandestino por otra parte, es el centro de la perdición según mi padre. En ese lugar se puede conseguir de todo, o casi todo. Hay venta legal, algo de contrabando y en ocasiones también funciona como nido de apuestas, juegos de azar y pasatiempos nocturnos. Hay un par de calles que hacen de feria, bares y casas de apuestas y poca reputación. Lugar de trabajadores, malhechores de poca monta, rufianes y desconectados poco civilizados. Es la mancha del modelo monárquico y uno de los dolores de cabeza de mi padre, pero necesario para la estructura y diversión de los habitantes que lo requieran. Barrio peligroso para quienes lo transitan de noche y para ser sincera me da un poco de temor visitarlo sin compañía. A pesar de que mi padre me lo tiene prohibido, en más de una ocasión me he escabullido por ese lugar. Necesito estar al tanto de las cosas que ocurren ¿no es así? Sí, definitivamente creo que sí.

A grandes rasgos, la fortaleza impenetrable que nos resguarda, tiene actividades predefinidas que son mandatorias. Somos capaces de comprender que cada individuo tiene un rol fundamental que cumplir para convivir. El funcionamiento de nuestra sociedad se basa en el compañerismo por áreas. Áreas entrelazadas y estrechas que cargan con una enorme responsabilidad. Áreas, actividades y tareas sostenidas unas con otras. ¡Ay Ciudadela! ¡Ciudadela querida! Último vestigio de civilización. Conjunto de engranajes capaces de interactuar entre sí para dar marcha a esta vieja máquina. Cadenas entrelazadas, fuertes y genuinas. Eslabones moldeables y resistentes que dan la vida por la comunidad. Trabajo en equipo que pretende lograr el objetivo final. Existir.

Capítulo II

Mirando las estrellas

Son tantas las noches de soledad en las cuales busco refugiarme. Me consuelo a mí misma día tras día. Pretendo encontrar las respuestas necesarias que me afligen desde que era niña. En ocasiones me considero incomprendida y única. ¿Estaré mal? ¿Seré solo yo quien tiene estos cuestionamientos? ¿Qué me deparará mi destino?

¿Por qué no podre simplemente aceptar convertirme en la real heredera al trono? Tomar lo que me pertenece y se me ha designado por linaje. Gobernar con soberanía y mantener el legado de mis ancestros. Asesorarme de mis consejeros y tener la última palabra, ante todo.

Ser parte de la realeza y tener súbditos entonces no parece ser tan mala idea. No tendría que trabajar ni un solo día y se haría todo lo que yo exigiera. Pobre de aquel que me contradiga porque caerán todas las penas del infierno sobre él y su familia.

- ¡Vamos Niko! ¡Dime algo! Estoy divagando en tonterías y tu descansando como si nada.

Niko miró con cara de ¿Yo que hice? —bostezó y cerró los ojos.

-Vaya, vaya, lo único que me faltaba es que me dieras la espalda. ¡Serás el primero al que encerraré en el calabozo!, o quizás deba hacerte caso y descansar. Mañana será un nuevo día.

Ya he perdido la cuenta de las noches solitarias en la roca impenetrable. A pesar de que duermo sola, tengo la compañía de los guardias en la puerta de mi habitación, por órdenes de mi padre, claro.

Desde la muerte de mi madre hace ya quince años que se ha puesto muy sobreprotector. En su afán de resguardarme me ha prohibido un montón de cosas y situaciones que deberían ser absolutamente normales para una niña. Entiendo que me quiera cuidar, pero asignarme la compañía de guardias que me supervisen en cada momento lo encuentro ilógico.

De niña en ocasiones lograba burlar a los guardias y me escapaba de la escuela junto con Adam y Lou. Solíamos pasar por uno de los muros divisorios para escabullirnos en los campos invernaderos. Debíamos ser silenciosos para eludir a los guardias y a los agricultores. Recorríamos las plantaciones de hortalizas hasta llegar a las frutas que se encontraban al otro extremo. Apenas veíamos la presencia de un adulto nos agachábamos rápidamente y seguíamos nuestro camino agazapados. Más adelante, entre los tres nos ayudábamos para treparnos en los árboles, donde hablábamos de temas en común hasta ver el atardecer y comíamos deliciosos manjares al alcance de nuestras manos. Tanta travesía solo para deleitarnos con una merienda de la naturaleza.

Por momentos, también incursionábamos en los túneles y pasadizos de los subterráneos. Callejones angostos, húmedos y sin iluminación o escasamente iluminados que servían de escondite y atajo para acceder a los diferentes puntos de la Ciudadela. En cosa de minutos podíamos pasar de la escuela al clandestino, recorrer las ferias y terminar en la sala de calderas.

Todo culminaba cuando los guardias nos sorprendían. Realizaban operativos completos para atraparnos. A mí me llevaban de regreso a mi habitación, mientras que a Adam y Lou les advertían con un tono amenazante. Como si ellos me hubieran obligado a hacer travesuras. En realidad, yo era quien los metía constantemente en problemas. Pero nuestra amistad era tal, que asumían su responsabilidad. Amistad que a pesar del tiempo y las dificultades se mantiene y perdura hasta el día de hoy.

Adam es un chico un tanto tímido, muy consolador y respetuoso. De estatura media y delgado. Un poco despeinado y temeroso, pero siempre dispuesto a ayudar a los demás. A mi sobretodo. Siempre me sigue la corriente y está disponible cada vez que lo necesito, sin importar el día ni la hora. Actualmente trabaja en la enfermería como aprendiz del hospital primario, aunque tiene aspiraciones de convertirse en medico jefe para refundar el sistema de salud.

Lou por otra parte es extrovertida y no tiene pelos en la lengua. Dice lo que piensa sin filtros y detesta las injusticias. Defiende a toda costa a los desamparados. Su color de piel es morena, tiene ojos cafés y una cabellera trenzada que la hacen única. Lou ha trabajado en varias áreas, pero sin convicciones. Así que aún se encuentra buscando su vocación.

De cierto modo, me siento representada por mis amigos del alma, quienes, a parte de compartir anécdotas y experiencias de vida juntos, poseen actitudes y pensamientos similares a los míos. Quieren destacarse de alguna forma y contribuir desde otro punto de vista con una sociedad más independiente.

¿Quien quisiera vivir toda una vida esclavizada?, ¿con un trabajo monótono? y ¿una vida rutinaria? Quien pensaría en traer al mundo un bebe que tenga un futuro escrito sobre roca, sin ambiciones ni oportunidades reales. Bajo estas circunstancias, qué opciones existen de convertirse en alguien que tú quieras ser y no en alguien que necesitan que seas. Es totalmente ilógico pensar en un mundo de promesas y ofrecimientos de ser libre.

-Toc-toc ¡Princesa Sam!

-Toc-toc ¡Princesa Sam!

-Su padre solicita su presencia en el gran salón –dijo el guardia.

-Avísele que iré en un momento por favor –respondió Samantha.

-Sí, como indique señorita –se escucha desde el otro lado de la puerta.

Luego de levantarse para asearse y vestirse, Sam acude al llamado de su padre y se dirige al comedor del salón secundario.

- ¡Buen día padre! ¿Me mandaste a llamar? –mientras se acerca caminando.

- ¡Así es Samantha! Quiero que me acompañes en el desayuno –le ofrece sentarse en una silla.

-Por supuesto, ¿Cómo no? –se sienta y acomoda.

La mesa estaba dispuesta de pan recién horneado, esponjoso y humeante, queso blanco, mantequilla suave, huevos de ave trucha, té y leche.

-Y cuéntame querida hija… ¿Qué planes tienes para hoy? –toma un sorbo de té y deja la taza en la mesa, mientras mira fijamente a los ojos de Samantha.

-Tenía pensado ir a ver a Rebeca. Necesita ayuda con los niños –cogió un trozo de pan y se lo zambulló.

-Y… ¿Cuáles son tus planes para mañana? –tomó otro sorbo de té.

-Tengo pensado ir a la exposición de tejidos. Será interesante –sigue masticando.

-Cuéntame Sam… ¿En qué momento planeas enfocarte en tus deberes como mi heredera? Sabes que cada vez me hago más viejo y prontamente deberás tomar mi lugar. Será tu responsabilidad liderar nuestro pueblo y mantener el orden. Además, ya estás en edad de contraer matrimonio, así que te elegiré un esposo que te ayude a gobernar.

-Padre, ¡Ya basta! —se levantó de la silla apoyó ambas manos sobre la mesa.

- ¡Siéntate Sam! No seas irrespetuosa.

-Pero padre, ¿Casarme por obligación? Era lo último que te faltaba.

- ¿Y qué pretendías? Si sigo esperando a que tú tomes la iniciativa me comerán los gusanos. Además, a tu madre le habría encantado verte casada.

- ¡No hables de mamá! —Sam abandonó rápidamente el salón.

Mientras corre en dirección a la escuela, se deslizan lágrimas que se lleva el viento. Lágrimas de angustia y nostalgia que reflejan la impotencia de no poder hacer nada. O sea, se podría tener diferencias de opinión con un padre, pero desobedecer las órdenes de un monarca es otra cosa. Mi padre sería incapaz de hacerme daño, pero estoy segura que antepondría los intereses de la Ciudadela por sobre los míos.

¿Qué pensaría mamá de todo esto? Me resulta difícil imaginar cuales serían sus decisiones o que consejos me daría en esta situación. Incluso me cuesta recordarla. A menudo cierro mis ojos y trato de buscar en lo más profundo de mi ser esa conexión de madre e hija. Por momentos aparecen ante mí recuerdos borrosos de su imagen. Puedo ver su silueta en la colina verdosa, la bañan rayos de sol brillantes que irradian energía a destajo. Me veo corriendo a su alrededor con una flor en la mano. Nos vemos felices y dichosas.

Sigo corriendo y sin detenerme. Me apresuro, pero no siento cansancio alguno.

A medida que avanzo intento recordar. Cualquier cosa ¡Lo que sea!

Estamos en la cocina, madre y yo. Tengo un vestido amarillo. Madre trae puesto un vestido rosa. Tiene una flor en el cabello. Espera, es la misma flor que tenía en mi mano. Debo habérsela regalado. Seguimos en la cocina, se percibe un aroma riquísimo. Estamos horneando un pastel. ¿Quién estará de cumpleaños? De pronto llega papá y se incorpora a la celebración. Se besan, ríen, me abrazan y acarician. Se nos ve realmente felices. ¿Qué sucede? Mi padre se va repentinamente y nos deja solas. ¿Hicimos algo mal? ¿Por qué se iría entonces?

¡Ouch! Caigo sin previo aviso –había una piedra en el camino.

Alcanzo a anteponer mi brazo para protegerme –me cubro.

Despierto, me levanto.

Tengo el codo herido –rasmillado y con sangre.

Mi ropa está sucia, me sacudo un poco y continúo con mi camino.

Llego a la escuela un momento después.

- ¡Hola Sam! –dice Rebeca.

-Hola Rebeca, pensé en venir a ayudarte con los niños.

-Claro, sabes que siempre eres bienvenida por acá. Es más, Leyla no para de hablar de ti. Ella dice que cuando crezca quiere ser como tú. ¿No es así Leyla?

- ¡Volviste! –Leyla corre a abrazar a Sam.

-Hola enana, mira cuanto creciste.

-Pero, ¿Qué te pasó en el brazo? Tienes sangre.

-Tranquila, no fue nada.

- ¿Cómo que nada? Debes ir a la enfermería.

-Hazle caso a Leyla –dice Rebeca.

-Yo misma te llevaré Sam –Leyla le tomó la mano en señal de amistad.

- ¡Está bien! Otro día vendré a verte Rebeca.

Juntas se dirigieron a la enfermería para que pudieran revisar el brazo de Sam. Se fueron caminando, mientras se ponían al día de los aconteceres cotidianos y sin darse cuenta, ya habían llegado a su destino.

- ¡Hola Sam! ¡Me alegra verte! –dice Adam.

- ¡Hola Adam! Igualmente.

-Dime, ¿Qué te trae por acá?

-Me caí por accidente y estoy un poco estropeada. Por suerte tengo buenas amigas que me cuidan.

-Dame unos minutos y te dejaré como nueva.

- ¡Gracias Adam! Me alegra que seas parte de mis buenos amigos también.

Mientras el joven enfermero procedía a limpiar la herida para desinfectarla, Samantha comienza a recordar un momento de su infancia, cuando su madre la estaba asistiendo luego de haberse cortado la mano con una lata sobresaliente que se encontraba en la bodega.

-Sam no juegues aquí que esta oscuro –le había advertido, pero no fue suficiente para evitar que se entrometiera a escondidas y terminara con su mano ensangrentada.

-Ya estas lista Sam –dijo Adam.

Sam parecía desconectada de la realidad. Estaba totalmente ida.

-Adam llamando a Sam.

-Adam llamando a Sam.

- ¡Despierta Sam!

-Perdón –dijo Sam. Ya estoy de vuelta –miró su brazo y vio una venda que lo rodeaba.

-Me preguntaba querido amigo… si me podrías ayudar con algo.

-Obvio Sam, lo que necesites.

-Tengo recuerdos vagos de mi madre y no la recuerdo muy bien.

-Yo no alcancé a conocerla Sam, así que no te podría ayudar mucho.

-Quizás no recuerde bien cómo vivió, pero si podría saber con exactitud cómo murió y ahora que trabajas acá podrías ayudarme a entender.

-Créeme que haré lo posible por ayudarte Sam.

- ¡Gracias Adam! ¡Confío en ti! Te veo luego.

- ¡Hey Leyla!, ya nos vamos.

-Ya es medio día y me imagino que tienes hambre. Pasaré a dejarte a los comedores.

- ¿Comerás conmigo? –preguntó la niña.

-No, tengo algo que hacer. Será en otra ocasión.

Luego de dejar a Leyla, Sam se dirige al muelle en busca de su amiga Lou.

- ¡Piratas! –gritó Sam.

-Princesa Sam ¡Buenas tardes! –respondieron los marineros.

- ¡Hola chicos!, estoy buscando a Lou.

-Camine por la orilla de la playa hasta las rocas —dijo Samuel. Ahí la encontrará. ¡Tenga cuidado!

-No se preocupen, estaré bien.

Para caminar por la playa Sam se quitó los zapatos. Quería sentir los granos de arena en la planta de los pies para conectarse con la naturaleza. Mientras caminaba, las suaves olas mojaban sus pies. El agua estaba helada, pero no tanto como para esquivarla. La breve caminata la hizo pensar en las palabras que su padre le había dicho esa mañana. Sabía que su destino era comprometerse con alguien que no quería, para luego tomar el mando de la Ciudadela, pero también sabía que otras personas no tenían la misma suerte y debían trabajar esforzadamente por un plato de comida. De jóvenes tienen que dejar de lado sus prioridades y vida en familia para unirse al trabajo. Deben madurar rápidamente. No hay tiempo para niñerías ni berrinches. Nacen sabiendo que tienen un propósito y viven haciéndolo. Tienen inculcado que es un honor trabajar para el funcionamiento de la Ciudadela. Oponerse a su destino está penado con el destierro. Entonces, es un privilegio volverse esclavo del sistema.

- ¡Sam! —se escucha a lo lejos. ¡Ven aquí!

Era Lou, quien se encontraba llamando a Sam. Levantaba su mano saludando. Estaba pescando en las rocas. Tenía una vara de madera que hacía de caña de pescar.

-Hola Lou ¿Por qué estás tan sola? —sube un par de rocas para llegar a Lou.

-Necesitaba pensar. Por momentos me gusta estar sola y relajada.

-Que misteriosa… ¿Se puede saber en qué piensas?

-Creo que estoy mal. Me siento desconectada —lanzó una piedra al mar.

- ¿A qué te refieres Lou?

-Me cuestiono mis habilidades. Siento que no tengo vocación para nada. A pesar de que lo intento y doy lo mejor de mí, de igual manera termino fracasando.

- ¿Por qué lo dices? No te entiendo.

-He probado encajar, ser parte de algo, aportar a nuestra civilización, a nuestra sociedad. Simplemente no lo entiendo –mueve su cabeza de un lado para otro.

- ¿Y cómo quieres encajar?

-Pretendo trabajar para demostrarle a mis padres que soy útil. Quiero que se sientan orgullosos de mí.

-Pero, ¿Qué dices Lou?, ellos ya están orgullosos de ti. ¡Eres una mujer grandiosa!

-Gracias por intentar levantarme el ánimo.

- ¡Hey! ¡Hablo en serio! –levanta un dedo y apunta a Lou.

-Yo también hablo en serio. ¡Mira! Ni siquiera he podido pescar algo –le muestra el balde vacío.

-Ya perdí la cuenta de los trabajos que he tenido y no he funcionado en ninguno.

-Pronto llegará la oportunidad de demostrar lo que te apasione –Sam pone su mano en el hombro de Lou.

-Comienzo a tener miedo Sam. Comienzo a creer que me convertiré en un estorbo –se sienta y esconde su cabeza entre sus piernas.

-No sientas temor, solo debes seguir intentándolo.

- ¡Para ti es fácil! No debes intentar nada. Tienes de todo. Eres la princesa consentida de papá –caen lagrimas por sus mejillas.

-No digas eso Lou, yo no pedí nada de esto. Si por mi fuera todo sería distinto –lleva sus manos al pecho. ¿Crees que quiero casarme por obligación? ¿Crees que quiero ser la ama y señora de todo? ¡También estoy en una posición difícil!

-Que complicado es todo. ¡Perdóname Sam! –ambas se abrazan por un instante. Hay un silencio consolador. Se escucha el mar. Que tranquilo y relajante se siente.

-Te diré algo Lou. Tu no encajas en esta sociedad no porque tengas algún problema, dificultad o algún limitante. Simplemente no calzas por ser solo tú y ser solo tú no es malo, al contrario. Significa que eres una persona especial, que estas por sobre el resto, que no soportas la monotonía y que no te conformas con este estilo de vida mecanizado.

Me cuesta entender cómo la gente puede vivir como un rebaño de murds. Acata ordenes sin cuestionamientos ni protestaciones. Ni siquiera cuando los trasladan al matadero pueden emitir opiniones. ¿Dónde está la libertad individual y colectiva? ¿Dónde está la iniciativa propia de querer ser alguien en la vida? Tanto miedo al desamparo, a la soledad y el olvido. Me cuesta entender la motivación transformada de este nuevo ser humano, capaz de aguantar lo impensado con tal de sobrevivir. Conformistas del modelo ciudadelosco impuesto por generaciones. Me llama profundamente la atención que estos ciudadanos no tengan aspiraciones en la vida. Simplemente nacen, se educan los primeros años y luego a laburar. Se encasillan en el área que más les acomode o sencillamente son reclutados para trabajar. Si hay frio, llueve o hace calor no importa, no hay impedimentos para continuar con las tareas encomendadas. ¿Y qué es lo peor de todo? La mayoría de las personas están agradecidas de tener un techo donde dormir, agradecidas de tener "trabajo". Su anhelo principal es ser parte de la comunidad, ser parte del engranaje, de encajar.

-Así que Lou, ¡Alégrate de ser una chica fuera de serie!

-Fuera de serie al igual que tu –ambas ríen a carcajadas.

-Ven… ¡Vámonos que se hace tarde! –Sam estira su mano para ayudarla a pararse.

Lou guarda sus implementos de pesca y sigue a Sam por la orilla de la playa.

-Pero miren a quien me acabo de encontrar…

-Hola chicas, ¿Cómo están? ¿Cómo sigue tu brazo Sam?

-Hey Adam, que haces por estos lados –preguntó Lou.

- ¡Mucho mejor! –respondió Sam.

-Qué bueno que te veo, encontré lo que me pediste.

-Pues dime entonces, no me hagas esperar.

- ¿Al frente de Lou? –preguntó Adam.

-Claro que sí, es nuestra amiga y es de confianza.

-Bien. Me inmiscuí en los registros y encontré la ficha de tu madre.

-Continua, no te detengas –apresuraba Sam.

-Al parecer, tu madre murió por una extraña enfermedad que le afectó el corazón. Los médicos nada pudieron hacer para salvarla.

-Recuerdo mi madre en cama, pero cada vez que le pregunto a mi padre, él no me dice nada.

- Aún debe ser doloroso para él –dice Lou, abrazando con una de sus manos a Sam.

-Nos falta mucho por descubrir y entender –dice Adam tomándose la cabeza. Uno de los motivos por los cuales me incorpore en la enfermería es para hacer nuevos hallazgos médicos. Pretendo mejorar la salud y desarrollar la cura de enfermedades que nos afligen.

-Bien, gracias por todo Adam. Los veo otro día chicos. Iré a descansar.

A paso lento, Sam se dirige de vuelta a su hogar.

-Princesa Sam, al fin la encuentro –dice uno de los guardias.

-El capitán Bruce me envió por usted. La busqué por todos lados.

-No te preocupes, me sé el camino de regreso.

-Lo sé, pero es mi deber acompañarla princesa –hace una reverencia.

Sam caminó todo el trayecto en silencio. De brazos cruzados y mirando el suelo. Subió hasta su habitación y no fue capaz de acariciar a Niko, quien trataba de animarla a punta de lengüetazos. Simplemente se desplomó en su cama; herida, cansada y desorientada. Durmió profundamente como si no lo hubiera hecho en días.

Pasaron días y semanas en los que Sam se mantuvo desanimada y pensativa. No salía de su cuarto. Había cosas que la perturbaban, que la tenían intranquila. Algo hacia ruido en su interior. Sentía la necesidad de escapar, de liberarse.

Pronto sería el día para conocer a su futuro esposo. Debía cumplir los deseos de su padre y apegarse a la tradición real.

Acostumbraba salir al balcón por las noches para contemplar el cielo. Miraba las estrellas con frecuencia, buscando explicaciones. Pensaba que las respuestas caerían desde arriba. Se preguntaba por su futuro, por su pasado y la acomplejaba su presente. Se preguntaba también si existiría la remota posibilidad de que fuera de los inmensos muros que protegían la ciudad existiera vida. Quizás otros sobrevivientes en terrenos no explorados.

En ese momento pasó una estrella fugaz, tan brillante, tan hermosa que las demás estrellas se detuvieron para contemplarla. ¿Será aquella estrella un estímulo?, ¿Contendrá las respuestas de nuestra historia? ¿Seremos los únicos representantes de la humanidad? ¿Será que existen otros seres en mundos lejanos? Sigue mirando el cielo, sigue mirando las estrellas.

Capítulo III

Visitantes

Estaba entrando la noche y llovía, cuando repentinamente se sintió un estruendo ensordecedor. Un sonido extraño que retumbó a lo lejos. Combinación de truenos y rayos que aparecieron de la nada. Pareciera que la tierra cruje y se retuerce de dolor. ¿Qué será tamaño sobresalto que asombra a los incrédulos?, que invita la sospecha y que al mismo tiempo alimenta la incertidumbre.

La gente corre de un lado a otro. Hay niños que en solitario deambulan sin sentido. Se oyen los gritos desgarradores de una mujer. Los animales están intranquilos, expectantes a lo que pueda ocurrir.

Sam se asoma por el balcón de su habitación para tratar de entender qué está sucediendo. ¡Qué lástima!, desde ahí no puede ver nada. Tampoco puede hacerse una idea del panorama. Entonces, decide descender por las escaleras que dan al pasillo. Corre hasta la entrada del gran salón y lo encuentra vacío. ¿Dónde estarán todos? –se pregunta. Sigue avanzando hasta el patio y se encuentra con toda la multitud acelerada.

Detiene a una anciana llamada Antonieta, la toma del brazo y le pregunta:

- ¿Qué es lo que está ocurriendo?

La anciana asustada la mira.

- Póngase a salvo princesa.

- ¿A salvo de qué? –preguntó Sam.

La mujer logra zafarse y corre a esconderse.

De pronto, un guardia se para delante de Sam.

-Princesa, debe refugiarse.

- ¿Dónde está mi padre? –pregunta Sam.

-No se preocupe princesa, su padre se encuentra protegido.

- ¿Protegido de qué? –pregunta Sam

- ¿Protegido de qué? –vuelve a preguntar.

El guardia no encuentra palabras para explicar y solo atina a apuntar con su dedo hacia la colina fuera de la fortaleza.

Sam logra esquivar al guardia y corre hasta la torre de vigilancia más cercana. Sube rápidamente hasta la caseta y queda perpleja al encontrarse de frente con una especie de estructura metálica iluminada.

- ¿Pero qué rayos es eso? –se pregunta.

- ¿Que tiene que ver eso con el ruido de hace un momento? ¿Será que estamos bajo ataque?

Nadie podía entender lo que estaba pasando. Debíamos asumir lo peor entonces. Lo primero que correspondía hacer era resguardar a los ciudadanos y reforzar las entradas.

Como el monarca Kharén ya se encontraba protegido, el capitán de la guardia y sus hombres procedieron a activar las alarmas. Por altoparlante se escuchaba: *"Pónganse a salvo, encuentren refugio y no salgan, esto no es un simulacro".* Al mismo tiempo comenzaron a guiar a las personas hasta los puntos de reunión. Cerraron las compuertas y todos los accesos.

Se asignaron guardias en pareja para proteger cada entrada y los reparadores, guiados por Dante y Casio, reforzaron puertas y ventanas. La Ciudadela se encontraba herméticamente sellada y sus habitantes estaban seguros.

Las habitaciones comunes y los salones se encontraban colapsados. La gente seguía alterada sin saber que ocurría, murmuraban y corrían diversos rumores sin sentido y unos más descabellados que otros.

- ¡Calma! ¡Calma! Debemos estar tranquilos y unidos –decía el monarca.

-No hay motivo para alarmarse. Solo estamos siendo precavidos –levantaba ambas manos para subir y bajar sus palmas.

-Estaremos expectantes ante la situación y serán informados en cuanto sepamos algo –señalaba.

-Por ahora, les pido sensatez y discreción.

Se dirige a sus aposentos con sus escoltas y le pide a Sam que lo acompañe, pero Samantha prefiere quedarse para acompañar a los ciudadanos y transmitir tranquilidad.

Los monjes Xong y Edan formaron pequeños grupos de personas y comenzaron a orar. Se tomaron de las manos para formar círculos y lanzaron plegarias salvadoras. Pedían por el bienestar supremo de cada uno de los habitantes y por la protección del monarca.

Al día siguiente y en pleno amanecer, los guardias retomaron el puesto de vigías. A lo lejos podían divisar sobre la colina una… una…

- ¿Nave espacial?, pero que caraj… ¡Lleva el reporte al monarca! –dice el vigía.

Sin titubear, el guardia baja rápidamente de la torre y va corriendo en busca del Capitán. Encuentra a Bruce y juntos se dirigen a ver al Monarca. Se suma en el camino Sam, quien se encontraba al acecho de la información. Entran a la habitación donde se encontraba el monarca y esto es lo que informa el guardia:

-Mi señor, mi señor, le traigo noticias –hace un alto para respirar.

-Cuéntame muchacho ¡¿Qué esperas?!

-Señor, pudimos ver con claridad el objeto que se encuentra posado en la colina. Se trata de una nave espacial.

- ¿Nave espacial dices? ¿Cómo es eso posible? –pregunta con asombro el monarca.

-Verá Señor…. Pudimos observar una nave acorazada de unos 40 metros de largo aproximadamente, es de color negra y posee cuatro alas, dos a cada lado Señor. En las alas más grandes hay una especie de turbinas gigantescas, del porte de una caldera, mientras que en las alas pequeñas pareciera haber cañones de largo alcance. En el frontis hay una cabina no muy grande, con espejos reflectantes oscuros. La nave se apoya sobre unos soportes que la mantienen nivelada.

-Y esa nave que mencionas… ¿Está tripulada?

-No lo sé Señor. No pudimos divisar tripulantes en su interior. Eso es todo lo que puedo reportar –se inclina y da un paso atrás.

-Ve a la torre y sigue observando ¡Avísanos si ves algo más! –dice Bruce.

-Monarca Kharén, debemos planear un ataque. No podemos dejar que nos invadan –planteó Bruce.

- ¡Esperaremos! Si nos quisieran atacar habrían aprovechado la oscuridad de la noche –reflexiona el monarca.

-Por ahora, mantengamos el estado de alerta y los accesos cerrados.

-Padre, enviemos una comitiva para dialogar –dijo Sam.

- ¿Que sabes tú de comitivas? Ve a resguardarte a tu habitación. ¡Ahí estarás segura!

Sam miró a Bruce como diciendo: ¡Hey apóyame! – pero el capitán guardó silencio.

Sin nada más que decir, todos se retiraron de la habitación. Bruce le da un par de órdenes a sus guardias y se dirige a ver a Rebeca.

-Rebeca ¡Mi amor! ¡Me alegra que estés bien! –la toma de la cintura y le da un beso.

-Bruce, ¿Qué está ocurriendo? ¿Qué es todo este alboroto?

-No te preocupes mi amor, tenemos todo bajo control –esboza una sonrisa.

- ¿Bajo control dices? ¡Eres pésimo mintiendo! –se aleja. ¡Dime la verdad!

Bruce no tuvo otra más que contarle a Rebeca la situación real en la que se encontraban y los posibles escenarios que podrían suscitarse.

-Es complejo entonces –dijo Rebeca. No te preocupes, mira que pase lo que pase, siempre estaré contigo. ¡Siempre estaremos juntos! –lo besa.

-Así es mi amor, ahora debo seguir con mi trabajo, te veo luego –se despiden como si fuera la última vez que se verían.

Sam, por su parte, desobedeciendo las ordenes de su padre, se encontraba visitando las habitaciones y los salones. Recorría las instalaciones para palpar de mejor manera el espíritu de los habitantes. Muchos se encontraban desorientados y asustados. Jamás habían vivido algo similar, y mucho menos, habían visto una nave espacial. Era algo totalmente nuevo para ellos. Bueno, para todos en realidad.

Conversaba con cada persona que se le acercaba. Sam trataba de transmitir tranquilidad, ante todo. En momentos como ese no necesitaban personas paranoicas agitando las masas ni asustando a los niños y jóvenes.

Entre la multitud, se encontró con Rebeca y le pidió que continuara con las clases. Debían mantener ocupados a los niños y al mismo tiempo, evitar que estuvieran compartiendo espacio con personas alteradas.

Sam intentó una vez más hablar con su padre, pero no fue factible contactarlo. El monarca Kharén estaba ocupado hablando entre cuatro paredes con sus asesores personales; Arkey, Ciro y Farid. Al parecer en estos casos, vale más la opinión de unos viejos cínicos e hipócritas que la opinión que pueda tener una jovencita de diecinueve años.

- ¿Cómo es posible? Pretende que gobierne la Ciudadela y ante la primera oportunidad de demostrar liderazgo soy desplazada —comenta con enojo.

-Prefiere rodearse de ineptos papanatas que siempre han querido el beneficio propio por sobre el beneficio colectivo de los ciudadanos.

- ¡Chupasangres oportunistas! Recién ahora aparecen —empuña ambas manos.

- ¿Qué es lo que debemos esperar? ¿Qué tiene que pasar? —decía enfurecida. Sam se devuelve a los salones —disimulando su enojo— por supuesto. De pronto, ve a Adam y Lou que estaban platicando. Llega por detrás y sorprende a ambos, los abraza por el cuello a cada uno y les pide que la acompañen a un lugar más desocupado.

Se dirigen entonces a uno de los salones continuos que se encontraba disponible.

- ¿Qué ocurre Sam? ¿Algo anda mal cierto? —preguntó Lou.

- ¡Sí, dinos que sucede! —acota Adam.

- ¡Así es chicos! No les voy a mentir –se acercó para no hablar tan fuerte.

-Ocurre que afuera de la Ciudadela se encuentra, aparentemente, una nave espacial estacionada en la colina.

- ¿Nave espacial dices? ¿Cómo puede ser posible? –pregunta Adam con cara de asombro.

-Sí, ¿Cómo puede ser posible? se supone que somos los únicos sobrevivientes del planeta. ¡Jamás hemos visto a otros humanos! –dice Lou.

-A no ser que… se trate de alienígenas que vienen a devorar nuestros sesos. Sería nuestro fin ¡Todos moriremos! –dijo Adam.

- ¡Cierra la boca Adam! ¡No seas idiota!

-Los hechos son estos: hay una nave espacial, no sabemos cuál es el objetivo ni cuales sean sus intenciones. No sabemos si esta tripulada o no. Lo que, si sé, es que mi padre de momento no hará nada al respecto y la guardia solo vigila a la distancia. ¡No podemos seguir esperando! y debemos conseguir mayor información. ¡No pienso quedarme de brazos cruzados!

- ¿Y cómo planeas conseguir información? –preguntó Lou.

-Está claro que debemos ir a averiguar de qué se trata todo esto –señaló Sam.

- ¿Qué? ¡Estás loca! ¡Sería un acto suicida! –Adam se rasca la cabeza.

-Un acto suicida sería esperar a que nos disparen con sus cañones. Entonces, no tendríamos oportunidad alguna de contraatacar.

- ¿Están conmigo o no? —Sam puso sus manos en los hombros de sus amigos.

- ¡Claro que sí!, pero la Ciudadela está cerrada y los guardias vigilan entradas y salidas. Hans esta de vigía y será difícil burlarlo.

-Saldremos esta noche. Aprovecharemos el cambio de turno de los guardias y nos adentraremos por los pasillos del subterráneo, pasando por el desagüe cruzaremos el gran muro.

- ¿Qué muro cruzarás Sam? —se escucha una voz angelical.

- ¡Leyla! ¿Qué haces aquí? —preguntó sorprendida Sam.

-Estaba jugando a esconderme, pero no encuentro a mis amigos y ya me aburrí.

- ¿De qué muro hablabas? —volvió a preguntar.

-Del muro de la escuela en el que pintaremos un hermoso paisaje —respondió Sam.

-Y hablando de la escuela… tú deberías estar allá. ¡Te llevaré!

-Nos vemos más tarde chicos —les guiñó un ojo.

Sam fue a dejar a Leyla a la escuela y se quedó el resto del día a compartir con los demás niños y niñas. Jugaron a las adivinanzas, contaron historias interactivas donde los pequeños representaban a los personajes y cantaron canciones infantiles.

Se acercaba la noche y era hora de poner en práctica el plan de Sam…

Se juntaron como habían quedado de acuerdo previamente. Los tres vestían ropas oscuras para pasar desapercibidos en la oscuridad. Adam se notaba bastante nervioso y hacía movimientos repentinos.

-Ya detente Adam ¡Nos van a descubrir! –decía Lou.

-Sí, mete tus manos en los bolsillos –reforzaba Sam.

- ¡Lo siento! Nunca antes había sido ninja –murmuraba.

- ¡Está bien! Solo no actúes como imbécil o nos van a descubrir.

- ¿Recuerdan el plan? En cualquier momento harán cambio de guardia. Esperemos a que se vayan esos dos que están ahí y bajamos al subterráneo por la escalera de esa esquina.

- ¡Ya es hora! ¡En marcha! –Sam dio la señal.

En cuanto se retiraron los guardias del salón; Sam, Adam y Lou se abalanzaron rápidamente hacia la escalera. Bajaron sigilosamente por los peldaños y se adentraron en uno de los pasillos centrales. Prendieron una antorcha para continuar hacia los pasillos alternos. Caminaron en silencio, uno tras otro, y hacían señales de manos para no hacer ruido.

Conocían el camino perfectamente porque solían merodear por esos lugares cuando eran niños. Les resultaba fácil entonces desplazarse a semi oscuras. Llevaban unos 20 minutos caminando bajo la Ciudadela y ya quedaba menos.

Cuando se encontraban bajo el Clandestino debían subir a la superficie. Lou asomó su cabeza para revisar que no hubiera guardias merodeando. Todo estaba despejado. Cuando ya estaban los tres arriba avanzaron por el borde de la feria. En ese momento escucharon ruido. Apagaron la antorcha. No podían ver nada. Se agacharon para esconderse y se quedaron inmóviles por un par de minutos. Eran dos guardias que se estaban besando.

Siguieron avanzando silenciosamente hasta la rejilla que daba acceso al desagüe. Lograron removerla y se introdujeron en su interior. Luego continuaron, esta vez en un ambiente más pequeño y húmedo. Debían caminar agachados para no golpearse la cabeza. A través de esta tubería lograron pasar por debajo del gran muro hasta la orilla del rio. Salieron y se ocultaron en los árboles.

A medida que iban subiendo por la ladera se escondían en el árbol más cercano. Así lo hicieron hasta que llegaron arriba. Desde ahí podían ver la nave que seguía en la colina. Estaba oscuro, pero podían distinguirla. Mientras esperaban seguían vigilando, expectantes.

Ya había pasado un par de horas desde que se encontraban observando de punto fijo. Debían actuar, así que decidieron aproximarse para mirar más de cerca. Caminaron lentamente y encorvados, por momentos se apresuraban, siempre pendientes por si algo ocurría.

A medida que se acercaban, los nervios se hacían presentes cada vez de manera más evidente. Sus manos sudaban, sus piernas se desvanecían y parecían no poder soportar sus cuerpos. La respiración se aceleraba y los latidos del corazón se apresuraban.

Ya estaban próximos a la nave. Podían ver con mayor detalle la gran amenaza que los intimidaba. Era algo sorprendente, tenebroso, pero sorprendente. Decidieron acercarse aún más. No pasaba nada. Siguieron acercándose a tal punto de tocar uno de sus apoyos.

- ¿Qué crees que haces? –dijo Adam.

- ¡Vuelve Sam! –dijo Lou.

-Tranquilos que no pasa nada –aseveró Sam.

Justo en ese momento se abre una compuerta desde arriba -Sam retrocede-. Se ilumina el interior de la nave a medida que baja la cortina. Desciende una plataforma hasta el piso. Los tres amigos se juntan y producto del miedo quedan paralizados sin dar opción a la huida. Se ven unas siluetas como si fueran sombras, una al lado de otra. De pronto, bajan por la plataforma tres personas y se las encuentran de frente.

-Tengan ustedes mis más cordiales saludos –dice una de ellas.

-No sean tímidos ¡Acérquense! –se escucha la misma voz.

Los tres jóvenes se acercan tomados de las manos.

- ¿Quiénes son ustedes? ¿Qué pretenden? –pregunta Sam.

-Hola jovencita, mi nombre es Marlok –responde abriendo sus brazos.

-Me acompaña mi oficial Rench y mi hijo Francis.

-Y… ¿Ustedes no se presentarán?

-Soy Sam, ellos son Lou y Adam.

-No respondiste mi pregunta… ¿Qué pretenden? –insistió Sam.

- ¿Qué pretendemos? ¡Nada! Simplemente regresamos a casa.

- ¿Regresar a casa dices?

-Así es, así que te agradecería que le informaras a tu líder que mañana nos anunciaremos en las puertas de la ciudad. Tenemos la intención de presentarnos debidamente.

- ¡Claro! eso haremos –respondió la princesa.

Se despidieron protocolarmente y Sam y sus amigos regresaron a la Ciudadela. Se sentían afortunados de regresar con vida. Si bien, no corrieron peligro, aun no tenían la certeza de las intenciones que tenían aquellos misteriosos visitantes.

¿Regresar a casa?, pero de que rayos hablaba ese sujeto. Nunca lo había visto en la Ciudadela y tampoco sabía que teníamos naves espaciales. Tampoco creo que se trate de algún proyecto oculto del centro de investigación. ¡No, para nada! Estamos hablando de una nave bastante avanzada y si fuera así, el monarca lo sabría. ¿Que será entonces? Todo me parece muy extraño.

¿Oficial dijo? Sin duda se trata de milicia o algo así. De otra manera por qué tendría un rango entonces. Ese oficial se veía fatal, no me dio una buena impresión para nada.

¿Y cómo supieron que estábamos merodeando afuera? Estaba oscuro y la nave no tenía ventanas como para habernos visto. ¿Cómo pudieron percatarse de nuestra presencia entonces? Quizás solo salían a tomar aire fresco y fue solo coincidencia que nos encontraran.

Si tuviera malas intenciones, ese tipo no habría venido con su hijo. ¿Francis dijo que se llamaba? Sí, creo que sí. Porque claro, quien viene a la guerra con su hijo. No tiene sentido para mí.

- ¿Qué haremos Sam? —preguntó Adam.

-Perdón, ¿Qué? —estaba distraída Sam.

- ¿Qué haremos Sam? debemos informarle a tu padre —dijo Lou.

-No, para nada. Por ahora guardaremos silencio. No deben saber que salimos sin permiso —respondió Sam.

-Y como dijo Marlok, mañana será el día de las presentaciones y saldremos de dudas.

-No confiemos en ese tipo. Me da mala espina –dijo Lou.

-Si a mí también –confirmó Adam.

-Pero como les dije, no diremos nada –insistió Sam.

Los jóvenes volvieron por el mismo camino por el cual habían salido y de igual manera no fueron divisados. Se dirigieron por separado a sus habitaciones sin levantar sospechas y pasaron la noche reflexionando acerca de los inesperados visitantes.

Capítulo IV

Nuevos amigos

Clang-clang… sonó la campana de la torre de vigilancia.

Clang-clang… señal de alerta.

Clang-clang… algo no anda bien.

Son las diez de la mañana y el sol se acerca cada vez más al punto medio. El vigía esta agitado, una gota de sudor recorre su frente y baja por su mejilla. Sigue tocando la campana, con fuerzas. No se detiene.

Los ciudadanos son alertados por la señal, aunque nada se escucha por los altoparlantes. Al parecer no hay mensaje. Se miran unos a otros, pero nadie sabe que está ocurriendo. No hay respuestas.

Se abren las puertas interiores. Una cuadrilla de guardias sale al patio. Los vigías de la torre hacen señas, pero el mensaje es confuso. Algunos habitantes salen al patio también, pero no hay mucho que ver. Solo se observan algunas aves truchas merodeando y picoteando el suelo.

Clang-clang… siguen sonando las campanas. Una bandada de pájaros se asoma y se deja divisar por la cima del muro. El cielo celeste y despejado anunciaba un día pacífico. Clang-clang se oye otra vez.

- ¿Qué está sucediendo? —se escucha la voz del monarca. ¡Que alguien me explique!

- fuuuuiiiiiitttt —mediante un silbido el capitán llama al guardia de la torre.

El guardia baja raudamente y se presenta ante las autoridades.

- ¿Qué es lo que viste? ¿Por qué tanto alboroto? –preguntó el capitán.

-Señor, se acercan cinco individuos desconocidos –dice el guardia.

- ¡¿Solo cinco?! –pregunta el monarca.

-Sí mi señor, solo cinco –reafirma.

- ¿Los detenemos? –preguntó el guardia.

- ¡No! Abra el portón principal y escóltelos al gran salón. Si quisieran atacarnos vendrían con un ejército.

- ¡Capitán! –dice el monarca.

- ¡A sus órdenes! –responde el capitán formándose delante del rey.

-Necesito que despeje el patio. ¡Saque a los curiosos!

- ¡Sí, como indique majestad! –llevándose una mano a la cabeza.

El monarca se retira del patio para trasladarse al gran salón. Antes pasa a retocarse, se cambia de túnica y se pone el medallón que le había dejado su padre. Meditó un momento y luego se sentó en su sitial.

El capitán en tanto, despejó el patio como le había sido solicitado. Hizo abrir el gran portón y formó una cuadrilla de guardias en dos hileras y asignó otra cuadrilla en el gran salón para la protección del monarca.

Desde la entrada se podía observar el acercamiento de los cinco extraños, la mayoría vestía de negro y portaban anteojos oscuros. Ingresaron calmadamente por el patio, hasta encontrarse con el recibimiento de los guardias.

- ¡Buenos días caballeros! No teman que nuestras intenciones son buenas y estamos desarmados.

-Mi nombre es Marlok —se toca el pecho. Tengo instrucciones específicas de hablar con vuestro líder.

-Háganme el favor de llevarme con él —estira el brazo hacia el interior de la ciudad y se inclina.

-Yo soy Bruce, Capitán de la Guardia —habla con voz fuerte. Te escoltaré para que puedas ver a nuestro monarca. ¡Los está esperando!

- ¡Esplendido! Lo seguimos —vuelve a apuntar hacia la ciudad.

Los guardias rompen la formación para dar acceso a las imprevistas visitas.

-Con permiso señores —dicen mientras van ingresando.

Bruce los guio por el pasillo central hasta el gran salón. Espacioso lugar al que se accede por las mamparas principales, tiene grandes ventanales que permiten el ingreso de luz natural, hay una tarima no muy alta donde se posiciona el sitial real. Ahí los esperaba el monarca, quien estaba sentado sobre su trono. En sus espaldas lo acompañaban tres consejeros, vestidos de túnicas púrpuras. También estaban los guardias uniformados, agrupados y formando dos líneas verticales como si se tratara de un túnel.

De pronto, de entre las mamparas hace ingreso Marlok, quien tiene una barba negra hasta el pecho, grandes cejas, pelo largo, ondulado y suelto. Vestido con una chaqueta negra que llegaba hasta los tobillos, broches dorados al igual que sus anillos. Botas negras que sustentan un hombre alto y de contextura gruesa que lo hacían ver intimidante.

- ¡Buenos días su majestad! –dice saludando al monarca. Puedo ver que sus guardias están nerviosos y queremos evitar que se alteren –se sacó los anteojos y los acompañantes también.

Arkey miró atentamente al hombre melenudo.

-Partiré presentándome ante usted. Mi nombre es Marlok y soy representante del nuevo mundo, enviado aquí para evaluar el progreso de la Tierra y sus habitantes. Vengo en compañía…

-Buenos días, perdonen el retraso –dice Sam, incorporándose al lado de Bruce.

-Vengo en compañía de mi oficial Rench, mi hijo Francis y dos acompañantes… como se lo había anunciado previamente.

- ¿Anunciado dice? –interviene el monarca.

Marlok, al mirar la cara de sorpresa de Sam titubea un poco y responde…

-Anunciado a sus guardias señor –ocultando la visita de los jóvenes la noche anterior.

Rench se mantenía a la espera, solo observaba su entorno. Vestía pantalones verdes y una chaqueta negra. Su cabeza estaba rapada, aunque en el centro de la cabeza tenia cabello y una pequeña chasquilla se asomaba por su frente. Delgado y paliducho con una mirada desequilibrada.

Francis en tanto, delgado, tez clara, pelo castaño claro, vestía pantalones negros y polera negra más una chaquetilla negra sin mangas. Mantenía sus manos entrelazadas por delante, en una posición fija.

- ¿Nuevo mundo dice? –preguntó el monarca ¿Cómo puede ser eso posible? –abrió los ojos y se inquietó.

- ¡Así es! Somos parte de la colonia asentada en las estrellas –respondió Marlok.

-Pero ustedes… ¿Son como nosotros o son alienígenas?

-Somos cien por ciento humanos, señor.

-Entonces… ¿Por qué viven en otro planeta?

-Sucede que cuando este mundo dejó de ser habitable, buscamos otro mundo para sobrevivir.

-Mi abuelo no me contó nada de esto –dijo incrédulo.

-Perdón señor, pero dudo que su abuelo estuviera presente. Dejamos la Tierra hace más de seiscientos años.

- ¡¿Seiscientos años dices?!

- ¡Sí señor! Nuestra misión es evaluar si el planeta se encuentra estable. Así que venimos en son de paz ¡Se lo aseguro!

-Con que en son de paz… Entonces ¿Por qué tu nave tiene armamento?

-No es mi intención atacarlos. Si tiene armamento propio es porque su serie de fabricación así lo requiere. Además, es útil para contrarrestar el tránsito de asteroides.

- ¿Me puede explicar cómo supieron de nuestra existencia?

-Sinceramente no sabíamos qué esperar. Fue un acontecimiento encontrar sobrevivientes. Llegamos hace varios días y partimos explorando el aire en primera instancia. Luego activamos nuestros radares y nos trajeron hasta aquí.

- ¡Radares! Por eso nos descubrieron anoche –pensó Sam.

-Y… ¿Qué esperan de nosotros?

-Nos gustaría que nos recibieran y hospedaran como sus invitados, mientras hacemos nuestras investigaciones. ¿Sería mucho pedir?

- ¿Cuando terminen con sus investigaciones se irán? ¿Vendrán más de ustedes?

- ¡Nos iremos! No tenemos intención alguna de quedarnos.

- ¿Cuántas personas más vienen contigo?

-Contándome a mí, somos treinta y ocho almas.

- ¿Cuánto tiempo necesitan para hacer su investigación?

-Un mes será suficiente.

- ¡Está bien! Pueden quedarse como nuestros invitados.

- ¡Gracias Señor! Trataremos de pasar desapercibidos e incomodarlo lo menos posible. Le pido que confíe en nuestras buenas intenciones.

Los extraños hicieron una reverencia, retrocedieron dos pasos, se dieron media vuelta, caminaron hacia la salida y se retiraron de la Ciudadela para volver a su nave.

En el salón mientras tanto, se discutía la versión entregada por Marlok y sus acompañantes. Existía la incertidumbre si efectivamente solo evaluarían el progreso del medio ambiente o también de la Ciudadela, pues no se había explicado con claridad a qué "progreso" se refería.

El armamento de la nave, por otra parte, era de temer y no era posible obviarlo. También existían dudas por la demora en ponerse en contacto, entendiendo que podrían haberse presentado apenas llegaron.

Había opiniones contrapuestas de los asistentes, acerca de abrirle las puertas de la Ciudadela a los desconocidos. Algunos pensaban que era riesgoso exponer a los ciudadanos ante tal amenaza y otros, en cambio, creían que era una oportunidad de conocer una nueva cultura y de intercambiar conocimientos. De todas maneras y como fuera el caso, la decisión ya estaba tomada y no había vuelta atrás.

Horas más tarde de ese mismo día, comenzó el desfile de extraños. Empezaron a llegar los tripulantes de la nave, guiados por Marlok. Uno a uno iban ingresando sin mayores pertenencias personales. La mayoría, también vestía de negro y todos portaban anteojos.

Llamaba la atención un par de sujetos voluminosos, rapados, con barbas, tatuajes y aros. Bajaban cajas negras, al parecer se trataba de equipos y materiales que usarían para su investigación.

Los habitantes de la Ciudadela ya estaban al tanto de la aparición de los investigadores y tenían órdenes de no interferir con sus labores que se les habían encomendado. Es más, debían ayudarlos y estar prestos a cualquier necesidad que requirieran.

Personal de guardia se encargó de llevarlos hasta una de las habitaciones comunes que habían habilitado para los invitados en el segundo piso. Ahí se acomodaron y ordenaron sus cosas. Marlok, Rench y Francis, en cambio, fueron llevados a habitaciones individuales con mayor privacidad. Mientras se establecían, se arreglaron para asistir a la cena de recibimiento a la cual habían sido invitados.

Al mismo tiempo, el comedor principal se preparaba para recibir a los comensales. Lo habían adornado y dispuesto exclusivamente para la ocasión. Se posicionó, en el centro del comedor común, una mesa larga con manteles hasta el piso, bancas de madera que la rodeaban y los más exquisitos platos. Los cocineros habían preparado carne asada de murd, ave trucha rellena, pez plateado a la plancha y diversas ensaladas. Todo acompañado de vino de manzanas.

Llegaron los invitados a tomar asiento. Por mientras, el cuerpo de baile los entretenía con danzas armoniosas. Los más entusiasmados se paraban para hacer compañía emulando algunos pasos básicos. Los demás se conformaban con aplaudir desde sus asientos y beber vino al ritmo del baile.

Se abre la puerta del comedor y hace ingreso el monarca, quien portaba una túnica roja con terminaciones blancas y un gorro rojo. Lo acompañaba Sam con una trenza lateral que la hacía ver aún más hermosa de lo que ya era. También estaba presente el capitán de la guardia, Arkey, Ciro y Farid.

-Quiero darles la bienvenida a los viajeros del espacio —dice el monarca.

Todos los visitantes miraron con atención.

-Este festín es para ustedes —abrió los brazos.

Miraron la comida y se saborearon.

-Espero que disfruten a destajo —sonrió.

Como si nunca hubieran comido antes, los invitados se engulleron la carne enseguida. Se pasaban los platos y sacaban presas enteras con la mano. Bastaban solo dos mordidas y ya estaban pidiendo más. A la par de la comida también bebían. Les pareció bastante agradable el trago desconocido para ellos.

En la cabecera de la mesa se había sentado el monarca junto con sus acompañantes. Seguido estaba Marlok y los demás.

-Me presento ahora formalmente –dice el monarca, al mismo tiempo que se para de su silla.

Todos voltearon y le prestaron atención.

-Soy Kharén, monarca y soberano de la Ciudadela y sus alrededores. Protector de los ciudadanos y regidor de nuestros mandatos.

-Ella es mi hija Samantha, mi más preciado tesoro y heredera al trono –Sam asiente inclinando la cabeza.

-Ahora cuéntame Marlok, acerca de tu mundo y cómo fue tu viaje hasta acá –se sienta.

-Que le puedo decir monarca Kharén… Nuestro mundo se encuentra a cinco soles de distancia. Vivimos en un ambiente próspero que ha perdurado a través del tiempo. Tenemos grandes ciudades civilizadas que albergan millones de habitantes. Los avances tecnológicos son increíbles y la sociedad se mantiene en paz y armonía…

Mientras Marlok maravillaba al monarca y a los demás con sus historias y fantasías cósmicas, Sam y Francis entrelazaban miradas de vez en cuando, como si se quisieran decir algo.

-Como le decía, nos encomendaron indagar en el viejo mundo y reportar las novedades que encontremos. Para esto es fundamental su ayuda.

-Y… ¿Cómo nos beneficiaría tu investigación a nosotros?

-De muchas maneras mi señor. Podríamos darle parte de nuestros aparatos tecnológicos y compartir conocimientos que hemos adquirido en las estrellas.

-Me parece interesante tu propuesta. Creo que esta unión nos podría favorecer a ambos.

-Te contaré una leyenda –dijo el monarca. Se dice que los antiguos pueblos terrenales se unieron para salvar a la humanidad. Hicieron una tregua llamada "pacto colosal" y dejaron de lado todas sus diferencias, razas y credos. Juntos, lucharon para salir adelante y subsanar los problemas que los aquejaban. Basados en ese concepto, es que se vive en la Ciudadela, con el único fin de estar unidos, trabajar, sobrevivir, cuidarse los unos a los otros, coexistir y progresar.

-No conocía esa leyenda que menciona. ¡Me parece interesante! –dijo Marlok

- ¡Así es! Entonces hagamos honor a ese pacto y trabajemos en beneficio mutuo.

Ya habiendo cerrado el trato y terminada la cena, el monarca y sus acompañantes se retiraron del comedor. Los invitados se sirvieron algunas copas y más tarde también se retiraron a sus habitaciones.

A la mañana siguiente, Sam se encontraba jugando con Niko en el patio principal. Corrían juntos y Sam lo montaba por momentos. En el frontis de la Ciudadela y oculto atrás de un pilar se encontraba Francis, quien miraba como Sam se divertía. Veía su pelo, su sonrisa y sus movimientos. Esperó a que ambos se cansaran de jugar y se acercó mientras Sam estaba sentada acariciándole la barriga a Niko.

- ¡Hola! –dijo Francis.

Sam lo saludó moviendo la cabeza y siguió regaloneando a su amigo.

- ¡Que linda es tu mascota! ¡Se ven muy felices juntos!

-Anoche te veías igual de feliz comiéndote a sus hermanos –reclamó Sam.

- ¡Perdón! No sabía que eran tus amigos. Si te hace sentir mejor no comeré más carne en mi estadía.

-Puedes hacer lo que quieras —se paró ¡Vamos Niko!

- ¡Francis! Marlok te busca, saldremos a dar una vuelta —dijo Rench y miró cómo se alejaba Sam.

- ¡Está bien! —responde Francis.

Francis y Rench fueron a buscar a Marlok y se dirigieron al centro de investigación para ver los descubrimientos que habían realizado. Se presentaron con Rebeca y estuvieron todo el día recopilando información sobre los avances presentados y conocieron con mayor detalle el funcionamiento de la Ciudadela, específicamente sobre el proceso de filtración para la obtención de agua potable.

Revisaron también los estudios que tenían sobre las estrellas y en modo de agradecimiento Marlok les obsequió un mapa detallado del universo, que era el material que tenían disponible en el nuevo mundo. Se trataba de un mapa digital que se encontraba inmerso en un pequeño dispositivo y que podía proyectar su contenido. Era simplemente fabuloso, según la descripción de Rebeca.

Adicionalmente, les entregaron otros implementos que les ayudarían para optimizar diversos procesos y funciones como, por ejemplo, un instrumento que sirve para predecir el clima, telescopios y microscopios avanzados, un convertidor de oxígeno, entre otros.

En la escuela, en tanto, dejaron un legado bastante peculiar. Se trataba de una pantalla inteligente contadora de historias. A medida que el relator va narrando un cuento, la pantalla refleja simultáneamente dibujos del relato.

El próximo paso fue visitar la enfermería y se dieron cuenta que únicamente tenían remedios naturales. Con la intención de ayudarles, les entregaron unas cremas regeneradoras de piel, especiales para heridas y quemaduras, un escáner portátil, que permite revisar huesos, músculos y los demás elementos componentes del cuerpo y algunos medicamentos artificiales capaces de curar enfermedades crónicas.

El personal de la enfermería y hospital primario quedaron bastante agradecidos por el equipamiento que haría mejorar la salud de los ciudadanos.

En paralelo, los demás hombres de Marlok visitaban las dependencias de la Ciudadela. Hablaban y escuchaban a los habitantes, se contaban historias, compartían gustos y en ocasiones ayudaban en los trabajos cotidianos del pueblo. Uno de sus lugares favoritos para visitar era el clandestino, donde podían divertirse, tomarse unos tragos en la noche e intercambiar diversos objetos a conveniencia.

Continuando con las tareas de investigación, esta vez visitaron a los "piratas". Zarparon en un bote artesanal de madera, bastante rústico, pero que cumplía con la misión de irrumpir mar adentro. Se turnaban para remar y así mantener energía para evitar el cansancio agotador que provocaba el remo constante.

Por suerte, el día estaba tranquilo y la mar domada permitía sufragar a los principiantes navegantes. Para sorpresa del escuadrón marino, Marlok les obsequió un radar acuático capaz de detectar tanto cardúmenes como peces individuales. Esto ayudaría a mantener controlada las zonas de pesca y haría a los pescadores ser más certeros a la hora de sustraer variedades acuáticas. Al finalizar el día, piratas y visitantes terminaron abrazados como buenos amigos, contentos por la hazaña realizada en el océano.

Luego de desembarcar del bote, Francis prefirió quedarse en la playa para contemplar las olas. Estaba solo, sintiendo la reconfortante sensación que permite la brisa en pleno rostro, viendo las nubes reverenciando la proximidad del atardecer y reflexionando en lo más profundo de su ser, cuando de pronto escuchó una suave voz que decía:

- ¡Que bellas son! En ocasiones quisiera tener alas para verlas de cerca.

- ¿Perdón? –dice Francis.

-Me refería a las nubes –responde Sam.

-Sí, son únicas.

-Me gusta venir a la playa a pensar en mis cosas y que bueno que te encontré… me parece que fui un poco mal educada contigo y debemos tratar bien a nuestros invitados.

- ¡No te preocupes! Ya lo olvidé.

- ¿Enserio? ¿De verdad?

- ¡Claro! Te propongo que empecemos de nuevo…

Los jóvenes siguieron hablando entretenidamente hasta que el sol se escondió dando la bienvenida a la oscuridad de la noche. No se habían dado cuenta del paso del tiempo, así que rápidamente volvieron a la Ciudadela, dejando entrever una impresión de simpatía entre ambos.

Había pasado solo una semana y los habitantes estaban muy contentos con la llegada de los visitantes espaciales. Habían aprendido a conocerlos y aceptarlos. Aprovechaban los regalos que les traían, los cuales consideraban importantísimos y representaban un gran avance para la comunidad.

La relación del monarca y Marlok se mantenía respetuosamente. Ambos comprendían la importancia de su acuerdo y estaban satisfechos con los resultados. El monarca veía como su pueblo utilizaba estos implementos para mejorar las condiciones en beneficio colectivo y, por otra parte, Marlok continuaba con sus tareas.

- ¿Cómo vas con tu investigación? –preguntó el monarca.

-Va avanzando bastante bien. Estoy sorprendido con la calidad humana de tus súbditos.

-En esta Ciudadela son todos muy colaborativos.

-Sí, me he podido percatar de aquello. Ha hecho un buen trabajo monarca Kharén. Si me permite decírselo.

-Lo único que he hecho a lo largo de mi vida es trabajar en favor del pueblo. Daría mi vida por el bien de la comunidad y la prosperidad de nuestra gente.

-Sus ancestros deben estar orgullosos de su trabajo entonces. ¡Brindemos por eso!

Marlok y el monarca Kharén compartieron un par de tragos, se contaron algunas historias y filosofaron acerca de la vida antes de ir a dormir.

Tocaba ahora visitar los campos invernaderos y los agricultores, que ya sabían de las nuevas tecnologías, se mantenían expectantes por saber cómo los sorprenderían. Iniciaron el recorrido en los frutales y les dieron a probar unas *teirocas,* que eran unos frutos rojos que caían en la palma de la mano, de contextura rugosa, pero por dentro blando y dulce al paladar.

-Hey amigo, estas teirocas están brutales. ¡Son riquísimas! –dijo Francis.

-Debe probar las zarzas también –dice el agricultor a cargo del recorrido.

-Si son igual que las teirocas me encantarán —esbozando una sonrisa mientras caía una gota de jugo por su mentón.

Una vez terminada la caminata por las distintas fases de cultivo, Marlok sacó de una maleta un absorbedor de agua. Lo que hacía este aparato era consumir una muestra de agua para luego devolverla aumentada, o sea que, en tiempos de sequía podrían producir agua para regadío y de esta manera tendrían asegurada la cosecha.

Los agricultores como Fausto, Aldo y Lucio no podían creer que un aparato tan pequeño pudiera elaborar tales cantidades del preciado líquido. Se mostraron felices.

Más adelante fue el turno de los reparadores y los hombres de la caldera, quienes explicaron el funcionamiento de las distintas áreas que supervisaban. Marlok y Rench aprovecharon para transitar por la Ciudadela desde un punto de vista más técnico en compañía del personal de mantenimiento. El primer oficial no paraba de ver a Marla. Rench alababa la rudeza que tenía esta mujer. No podía prestar atención a las conversaciones y solo se concentraba en la mujer.

- ¡Oye mujer! Me dicen que tu nombre es Marla —dice Rench moviendo su cabeza.

-A mí me dicen que el tuyo en Rench —respondió Marla.

-Te llevaré a conocer la nave ¿Qué dices?

-mmm… Me haré un tiempo.

- ¡Rench! —se escucha a lo lejos.

-Te enseñaré a hacerle mantenimiento a los propulsores… también puedo enseñarte muchas cosas más.

- ¡Rench! —se vuelve a escuchar.

-Tú también podrías enseñarme algo ¿No te parece?

-jajaja podría ser…

- ¡Maldición Rench!

Marlok tuvo que llamarlo en tres ocasiones para que le pasara la batería. Ese fue el obsequio que les dejaron. Se trataba de una batería preparada para almacenar y contener grandes cantidades de energía, autónoma y capaz de perdurar por años.

Así de duradera se esperaba que fueran las relaciones que se estaban forjando entre "extranjeros" y "residentes". ¿Quién pensaría que con tantas diferencias la humanidad seguiría cohesionada después de todo? ¿Que el odio y el egoísmo finalmente serian erradicados del ser humano? ¿Qué codo a codo lucharían por llegar a la meta, sin importar lo lejana que esta fuera? Es más importante pensar que la unión permite congeniar y avanzar, aunque sea con pequeños pasos, fundados en la amistad.

Capítulo V

Colisión cósmica

Qué simple y complicada puede llegar a ser la vida. Que sutil es la línea separatoria que divide los aspectos esenciales del ser humano. Por momentos, nos encontramos inspirados en lo mágico y magnánimo que podemos alcanzar con tan solo un suspiro del alma, y por otros, en cambio, nos agobiamos y enfrascamos en menudas dificultades propias, sin el sentido audaz de la reflexión profunda.

Adentrarnos en nuestro ser resulta entonces, una abstracción y retrospección individual capaz de proporcionar el camino idóneo a seguir. Evaluar el escenario, las condiciones, los actores, opiniones, beneficios y problemáticas son primordiales para encontrar las oportunidades del entendimiento interno que permite despejar nuestro estado y llegar al control absoluto.

La toma de decisiones contempla la planificación enaltecida e impulsada por nuestro espíritu. El bien y el mal enmarca, de cierta manera, los parámetros necesarios para emprender el rumbo elegido, ese que nos guiará en la misión y elección de la persona que queremos ser y el legado que queremos dejar. Entonces, solo queda en nuestras manos avanzar debidamente. Somos responsables del futuro.

Sam seguía mirando las estrellas desde su balcón, seguía meditando acerca del rol que debía jugar para mantener su querida Ciudadela en buena forma. Sabía que tarde o temprano debería asumir el mandato y que por más que se negara aquel día llegaría pronto…

En las calles y rincones de la ciudad, se podía ver niños jugando con aparatos extraños. Era cotidiano también que los adultos se fascinaran y presumieran sus objetos espaciales. A estas alturas, si poseías un accesorio futurista tu prestigio se esparcía y tu ego subía por las nubes. Te volvías codiciado, pero en ocasiones, podía haber disturbios causados por los celos. Rencillas menores sin importancia, decía el capitán de la guardia.

Sam trataba de ver las cosas positivamente. La inesperada visita de los tripulantes la había hecho comprender que habían sido afortunados de mantenerse con vida y a salvo durante tanto tiempo. Que también, debían ser agradecidos de la vida y de cada suspiro al despertar de un nuevo día.

- ¡Hola Sam! —se acercó Francis por atrás.

- ¡Hola Francis! ¡Lindo día! —respondió Sam.

- ¡Así es! Maravilloso ¿Qué haces?

-Contemplo la vida y la oportunidad de ver el regocijo de un pueblo feliz.

- ¿Te puedo acompañar en tu paseo?

- ¡Por supuesto! Así aprovechas de contarme acerca de tu mundo.

- ¿Que te podría decir? Es muy similar a este, solo que vivimos en las alturas.

- ¿Hay algo malo en el suelo? —preguntó con inocencia.

-No, para nada, solo que mientras más alto vives, más adinerado eres. Las personas, a diferencia de acá, prefieren mantener su estatus y elogiarse unos a otros. Se olvidaron de disfrutar una simple caminata como la que estamos teniendo justo ahora.

-Uy, espero que eso no nos ocurra a nosotros. Además, nuestras torres no son lo suficientemente altas.

- ¡Hola Sam! –saludó Adam.

- ¡Hola Adam! Te presento a Francis.

-Francis, él es mi amigo Adam, de la enfermería.

-Sí, te recuerdo del otro día cuando los visitamos – dijo Francis estrechándole la mano para saludarlo.

-Sí, como olvidarte –Adam le estrechó la mano con recelo.

-Que tengas un buen día Sam, te veo luego que voy apuradísimo.

-Vaya… que especial es tu amigo –sonrió Francis.

- ¿En que estábamos? –preguntó Sam.

-Te contaba acerca de mi mundo…

-Sí, claro. ¡Cuéntame más!

-Bueno, nuestro planeta es un poco más pequeño que este, y no es tan brillante…

- ¿Quieres decir que no son tan geniales?

-No, no me malentiendas. ¡Oscuro! Es más oscuro, no tan brillante e iluminado. A eso me refería… y sí, creo que son geniales, para que quede claro.

- ¡Está bien! No te preocupes. Ahora entiendo por qué usan lentes oscuros.

Ambos jóvenes siguieron caminando por el borde del pasillo frontal, el cual se encuentra a media altura desde el suelo hasta Hola cumbre de la fortaleza, y que, permite observar la Ciudadela desde una vista panorámica. Desde ahí se puede ver el patio principal y secundarios, los pasillos externos, las escaleras exteriores y parte del muro perimetral.

En sentido contrario, venia Marlok caminando con alguno de los tripulantes de la nave, quien se veía imponente y caminaba libremente y de manera segura. El viento hacía bailar su cabellera, mientras se desplazaba con sus manos en el cinturón. Al ver a Francis con la princesa se sorprendió y disimuladamente le hizo una seña a Francis moviéndole las cejas. Francis se disculpó con Sam y se arrimó al grupo.

- ¿Que sucede padre?

- ¿Que se supone que estás haciendo con esa niña?

-Nada ¿Por qué preguntas?

- ¿Como que nada? ¿Crees que soy estúpido? Sabes perfectamente que no te puedes involucrar con ninguna persona. Nuestro tiempo es limitado y debemos cumplir con nuestra misión. ¡Te digo esto por tu bien muchacho! –le cogió el brazo.

- ¡Buenos días! –saludó una pareja de guardias que iba pasando.

- ¡Buenos días! –respondieron todos.

-Comprendo lo que dices. ¡No te preocupes! Yo sé cómo hacer mi trabajo –dijo Francis en voz baja.

- ¡Está bien! Ahora acompáñame a la sala de calderas para revisar algunas cosas.

Uno de los guardias se dio vuelta a mirar y siguió su camino murmurándole algo al otro guardia, pero ambos continuaron como si nada.

Sam, mientras avanzaba por el frontis de la fortaleza vio un afiche que decía: "*Prontamente campeonato de macrentone, inscripciones abiertas*".

-Vaya, vaya… ¡Que divertido! Será interesante –pensó.

Ese mismo día más tarde, Sam y Francis cruzaron miradas en el comedor. Marlok lo notó y a propósito derramó una copa de vino sobre Francis, quien quedó mojado y se retiró hacia su habitación. Sin embargo, Sam, audaz como siempre, se percató del "infortunado accidente".

Dos días más tarde, Sam se encontraba en la enfermería visitando algunos aquejados pacientes. Había llevado flores silvestres que había conseguido.

A menudo, solía saludar a los enfermos y de sorpresa se encontró a un viejo conocido, Will.

- ¡Hola Will! ¿Qué haces por aquí?

- ¡Hola Sam! No te había visto –respondió el hombre que se encontraba sobre una cama.

- ¿Estás bien? –preguntó Sam.

-Tuve un inconveniente en la sala de calderas. Afortunadamente nada grave.

- ¡Me alegro que estés mejor! Pero cuéntame ¿Qué te ocurrió?

-Hubo un incidente hace un par de días. Tuvimos una fuga de vapor en una de las cañerías y como llegué primero al lugar, traté de repararla y tuve algunas quemaduras sin importancia, así que, quizás mañana me den de alta.

- ¿Hace un par de días dices?

-Sí, lo recuerdo bien porque ese día tuvimos visitas.

- ¿De qué visitas hablas?

-De los viajeros espaciales, ¿De quién más se podría tratar?

- ¡Pero que agradable visita Will! No sabía que eras tan importante –interfirió Adam.

-Hola realeza, estamos maravillados con su asombrosa presencia.

-Pero ¿Qué dices Adam? ¡Siempre vengo de visita!

-Discúlpeme su alteza. Por favor no me mande a decapitar –dijo en un tono irónico.

- ¿Qué te pasa? ¿Por qué actúas así? –preguntó Sam.

-Nada en especial. ¡Sigo siendo yo!

-No estoy segura, el otro día cuando me viste con… ¡Espera! ¿Estas celoso de Francis?

- ¿Celoso yo? Para nada, estas muy equivocada. ¿Por qué debería estar celoso? Si estuviera celoso tendría que admitir que estoy atraído hacia tu persona, pero definitivamente no es el caso.

-Entonces… ¿Me podrías decir por qué actúas como un tarado?

-Pasa que no me fio de ese sujeto y tú tampoco deberías.

- ¿Por qué lo dices? A mí me parece un buen muchacho. Es amable, inteligente, se…

- ¿Sexy?

- ¡Serio! iba a decir serio –corrigió Sam. ¡Como sea!, aun no entiendo por qué te cae mal.

-La verdad es que no creo en sus buenas intenciones. Si bien nos han sido útiles sus regalos espaciales como la crema que le apliqué a Will, aun siento que sus intenciones son otras.

- ¿A qué intenciones te refieres?

- ¡Aun no lo sé!, pero es solo cosa de tiempo.

-Adam, ¡Escúchame!, solo debes darte el tiempo de conocerlo y ya verás que cambiaras de pensamiento.

- ¡No lo sé!, y no creo que cambie de parecer. Solo te pido que tengas cuidado.

- ¡No te preocupes!, me se cuidar sola. Además, recuerda que siempre me custodia a lo lejos algún guardia.

A medida que pasaban los días, las cosas seguían de manera regular en la Ciudadela. Cada área seguía trabajando cotidianamente y los visitantes aún continuaban con su investigación, merodeando de vez en cuando las instalaciones, yendo y viniendo de la nave espacial, registrando los avances y descubrimientos detectados, visitando también los alrededores, buscando señales de otros supervivientes y compartiendo también con los habitantes.

El monarca Kharén y Marlok de vez en cuando se topaban y charlaban respetuosamente acerca de la vida y los distintos caminos que esta conllevaba. Meditaban sobre la muerte y reflexionaban sobre el bien y el mal. Por lo general eran conversaciones profundas y metódicas, acompañadas de un trago nocturno.

Sam fue a ver a su amiga Rebeca a la escuela, pero solo encontró a Susy, quien estaba a cargo de los niños en sustitución de la maestra. La verdad es que Susy no sabía el motivo de la ausencia, pero no era un problema para ella cuidar de los niños momentáneamente.

-Sam, viniste –dijo Leyla.

-Hola enana, te extrañaba.

-Yo también ¿Defenderás a las caracolas en el campeonato?

-No, pero esta vez seré su madrina.

- ¡Genial! Yo cuando crezca seré anotadora, igual que tú.

- ¡Perfecto! Me parece bastante bien.

A pesar de no poder ver a su amiga, Sam de igual manera aprovechó de compartir con los niños y niñas esa mañana. Jugaron a las adivinanzas y a las mímicas. La ingenuidad de los pequeños permitía contemplar la simpleza de los comportamientos y comprender los inicios desinteresados de la vida. Mientras los niños ponían las más divertidas caras en sus juegos de interpretación, Sam pensaba en el futuro de aquellos inocentes infantes. Tenía la convicción de que aquellas pequeñitas personas se convertirían, sin dudarlo, en excelentes individuos adultos. Tanto le importaba la nueva generación y, por lo mismo, se esforzaba en darle atención al cuidado y buenas enseñanzas.

-Te diré algo Susy… –dijo Sam. Cuando estos niños crezcan tendrán la oportunidad de decidir en qué tipo de personas se convertirán. Sé que vivir aquí es estresante para un niño que no es capaz de comprender a cabalidad cómo se desarrolla la vida al interior de estos muros. Al verlos detenidamente, imagino por un instante que serán personas de bien y cuidarán el uno del otro.

-Estoy confiada de que así será, princesa. Rebeca hace un buen trabajo –respondió Susy.

-Y cuéntame ¿Cómo has estado? llevaba tiempo sin verte –preguntó Sam.

- ¡Muy bien la verdad! Estoy conociendo a alguien –comentó sonrojándose.

-Y… ¿Es una buena persona?

-Sí, se ve un buen tipo.

Así ambas jóvenes conversaron animadamente hasta que…

-Uf ya se me hizo tarde ¡Me tengo que ir! Adiós Susy.

- ¡Hasta pronto!

Más tarde y de camino a su habitación, Sam fue abordada abruptamente por la espalda, mientras una mano tapaba su boca. Parecía una especie de secuestro exprés. Fue llevada rápidamente a un salón continuo, donde la soltaron.

- ¡Sssshhh! ¡Silencio!, no digas nada.

- ¿Qué ocurre? –preguntó confundida Sam.

- ¡Lo siento!, discúlpame por favor.

- ¿Francis? ¿Qué rayos haces?

- ¡Lo siento mucho!, pero mi padre me prohibió verte y no quería que el guardia nos viera juntos ¿Podríamos hablar en otro lado?

Se escucharon unos pasos acercándose.

- ¡Sígueme! –dijo Sam, tomándole la mano y guiándolo hasta las escaleras.

Comenzaron a bajar en silencio. Avanzaron y se adentraron en la oscuridad. No se podía ver nada, ni siquiera la punta de la nariz. Continuaron dando pasos pequeños con un poco de incertidumbre. Francis extendió su mano para evitar golpearse hasta que tocó una superficie húmeda y sólida. Se trataba del muro de piedra del pasillo, el cual utilizaba como apoyo para seguir caminando a pasos temblorosos.

- ¿Qué es este lugar? ¿Qué hacemos aquí?

-Tú mismo dijiste que no te podían ver conmigo y esto fue lo único que se me ocurrió ¡Sigue avanzando!

- ¡Que mal olor! ¿Me trajiste a las catacumbas?

-Nada de eso. ¡Mira! Ya se puede ver algo.

A lo lejos, se podía divisar una pequeña luz y, a medida que avanzaban, se hacía cada vez más grande y podía iluminar el contorno del pasillo. Un par de pasos más y ¡flash! Todo era blanco y gradualmente se volvió verde. Habían llegado a las afueras de la Ciudadela, entre algunos árboles y arbustos.

- ¡Me alegra haber salido de ese hoyo!

- ¿Cual hoyo?, eran algunos túneles nada más. Pero cuéntame, ¿Qué me tenías que decir?

-Verás… mi padre es un poco… ¿Cómo decirlo? ¡Sobreprotector!, y, en ese sentido, no le gusta que me relacione con otras personas.

- ¡No te preocupes! Me pude percatar de que tu padre anda algo molesto.

- ¡Así es! Y en parte es por mi culpa. A pesar de que me gusta pasar momentos contigo, no quiero que se moleste si nos ve juntos. Dicho esto, entenderé si ya no quieres hablar más conmigo.

-La verdad es que te entiendo a la perfección y, es más, creo que mi padre haría exactamente lo mismo, así que…

De pronto, Francis se abalanzó hacia Sam y en un acto inesperado y sin previo aviso la besó en sus labios. Carnosos y de color carmesí que causaron en el muchacho una atracción imposible de resistir. Solos, al exterior y escondidos entre los árboles. Un rayo de luz que se deja ver y una suave brisa cálida formaron el ambiente perfecto. Cálido, húmedo y sabroso, despertaron en Sam emociones inexploradas para ella y su corazón no paraba de latir intensamente ante la presencia de su primer beso.

- ¡Wow!

- ¿Que sucede?

- ¡Vaya!, no me esperaba esto, pero definitivamente estuvo maravilloso.

-Sí, a mí también me gustó.

-Francis, ya que estamos afuera, tengo una inquietud que no puedo evitar.

-Sí, dime.

- ¿Podría ver tu nave un momento? ¿Me llevarías a verla?

- ¡Por ahora sería imposible!, pero en cuanto pueda te llevaré.

- ¡Está bien! ¡Te cobrare la palabra!

- ¡No hay problema!, por otra parte, yo también tengo una inquietud. Veras, he visto a unos monjes orando en un centro de oración. Me gustaría saber ¿A qué dios le rezan?

-Al ser divino, claro.

- ¿Dios?

-Sí, las antiguas escrituras hablan de que en tiempos pasados había varios dioses, los cuales, en la gran guerra santa fueron derrotados por la entidad celestial, quien se hizo cargo de la humanidad y todo ser.

-Dime, ¿En tu mundo creen en Dios?

-Algunos siguen creyendo, pero otros ya perdieron toda esperanza.

-Y tú ¿Qué crees?

-Te responderé en otra ocasión. Ya se hizo tarde y no quiero levantar sospechas.

Ambos volvieron a la Ciudadela en secreto, sin que nadie se percatara de sus ausencias. Claro que, en el camino, los jóvenes, habían quedado de acuerdo en verse prontamente sin ser percibidos por alguien que pudiera poner en riesgo a Francis con su padre.

Esa noche, Sam recostada sobre su cama miraba el cielo de su recamara. Sus ojos brillaban al recordar el momento del beso y sonreía felizmente. Por supuesto, ya le había contado a Niko lo ocurrido porque claro, no podía dejarlo al margen de su aventura amorosa ni de sus confusiones y dilemas personales. Pensaba también en las palabras de Adam y su advertencia infundada, pero sin lugar a dudas, seguiría siendo fiel a sus corazonadas.

- ¡Buenos días!

-Buen día padre. Lindo día ¿No crees?

-Así parece. Cuéntame por favor ¿Dónde estuviste ayer? —le preguntó seriamente.

- ¿Dónde más iba a estar? La ciudad no es muy grande que digamos.

- ¡Respóndeme por favor! Tengo un reporte del guardia y asegura que te perdió de vista.

-Solo estuve durmiendo en mi habitación. Utilicé un pasadizo secreto para llegar más rápido.

-Pero Sam, hija. Sabes que esos pasadizos solo deben utilizarse en caso de emergencia ¡No son un juego!

-No es que tengamos muchas emergencias tampoco –dice Sam entre risas.

- ¡Sam!

- ¡Está bien padre!, no los volveré a ocupar. ¡Promesa! –hizo un signo levantando dos dedos.

Pasaron algunos días y Sam se seguía viendo a escondidas con Francis. Los jóvenes disfrutaban de compañía mutua y rápidamente notaron una gran afinidad, como si se conocieran hace años. Compartían semejanzas y anécdotas similares de cuando eran niños y una mirada de vida única. Ambos pensaban en grande y se resistían a la idea de que un plan mayor regia y controlaba sus existencias.

En general, en la ciudad se sentía un ambiente eufórico porque se acercaba cada vez más el campeonato de macrentone y los preparativos eran exhaustos. Se podía ver equipos corriendo, haciendo ejercicios y entrenando en todas partes. Podías ir caminando por uno de los patios tranquilamente y te topabas con una tropa trotando y gritando a tu alrededor. Por otra parte, banderines y pintados adornaban la Ciudadela con los colores típicos que representaban a cada equipo. Los fans alababan a los jugadores y lograban ser motivadores de personas como tú o yo, que en sus tiempos libres se entregaban en cuerpo y alma al deporte más espectacular de todos.

Inclusive los visitantes se mantenían expectantes, debido a que cada vez que entraban a una cantina notaban el fervor del pueblo y ya se barajaban apuestas sobre quien resultaría ganador. Al parecer, se respiraba en el ambiente la única oportunidad que tenía el pueblo de despejarse de todas las obligaciones rutinarias que debían cumplir y, de esta manera, disfrutar, aunque fuera una vez al año, de ser libres y soltarse de los grilletes que exigía la Ciudadela.

Al dar un paseo por la feria, Sam miraba cada uno de los puestos y hablaba con algunos conocidos. Al momento que se encontraba hablando con una anciana del club de tejido, vio acercarse a Francis, Marlok, Rench y algunos otros investigadores. Sam trató de coincidir su mirada con la de Francis, pero no fue posible, debido a que iban caminando con la vista al frente y pasaron rápidamente.

-Con permiso señora Antonieta –dijo Sam a la anciana y siguió tras la cuadrilla.

Vio como los hombres se inmiscuían en el clandestino y entraban y salían de cada bar y recinto del lugar. Así estuvieron hasta completar la revisión del sector. Sam estaba escondida mirando como entrevistaban a las personas y volvían a explorar la zona. Alcanzó a percibir que Marlok tomó a un hombre por el cuello y luego lo soltó. Al concluir con la revisión los hombres se fueron. Fue cuando Sam se acercó a preguntarle al uno de los cantineros qué había ocurrido, pues pensaba en qué cosa podía haber alterado a los hombres para actuar de esa manera.

Para sorpresa de Sam, se trataba de una búsqueda. Resulta que los hombres preguntaban por un tal Hákon, pero la princesa no recordaba ningún habitante con ese nombre. Como sería posible no conocer a esa persona si Sam era capaz de recitar todos los nombres de cada sector de la Ciudadela. No entendía como se le podía pasar un nombre de sus queridos pobladores. Entonces, ¿A quién buscaban en realidad? Si no se trataba de un "residente" podría tratarse entonces, de un ¿"extranjero"? Si Hákon es de los suyos ¿Por qué lo buscarían con tanta insistencia? Sam no lograba comprender la escena que había visto y su cabeza se llenaba de dudas.

A oídos del monarca Kharén habían llegado algunos comentarios al respecto que hacían mención a la relación entre la comunidad y los visitantes. Cosas menores como el intercambio de objetos, apuestas y algunas cosas sin mayor importancia, pero que Marlok estuviera involucrado hacía pensar que algo no andaba bien.

-Cuénteme señor ¿Para que requiere de mis servicios? —le preguntó Marlok al monarca.

-Te mandé a llamar Marlok, porque me dijeron que habías realizado algunos disturbios ¿Es así?

- ¡Discúlpeme señor!, no fue nada importante.

- ¡Escúchame con atención! Por el bien de nuestro acuerdo, recuerda que debemos comportarnos debidamente. Puedo hacer vista gorda de algunas cosas, pero si llamas la atención debo actuar de inmediato.

-Comprendo a cabalidad señor. Lo que sucede es que tenemos un hombre desaparecido hace dos días y no lo encontramos por ninguna parte.

-Y de ser así, ¿Por qué no acudiste a mí?

-Como le había dicho antes, queríamos pasar desapercibidos y no causarle molestias.

-No pensarás que alguno de los habitantes tuvo algo que ver.

-No, pero me urge encontrarlo.

-De ser así te pido que le des los detalles al capitán de la guardia para que te ayude.

- ¡Muchas gracias!

A la hora de la cena de ese mismo día, se encontraban reunidos en el comedor común, en una parte Marlok y sus hombres compartían una gran mesa, y los demás ciudadanos se encontraban comiendo en grupos. Sam por su parte, estaba cenando con su padre y sus asesores, muy aburrida, por cierto, cuando notó en Francis una pequeña señal. Pidió disculpas en la mesa y se retiró diciendo que se retiraría a su alcoba porque le había caído mal la comida. Un momento más tarde, Francis también salió del salón y se reencontraron en el pasillo.

-Hey, tu padre se dará cuenta –dijo Sam.

-Me dijiste que querías ver la nave. Ahora es el momento ¡Sígueme!

Se escaparon por la ruta que acostumbraban y se dirigieron hacia las afueras, sin ser percibidos por los guardias ni por terceras personas. Estaba oscuro, pero la luna ofrecía una débil luz que bastaba para seguir con su camino bajo las estrellas.

-Si tu padre se entera te meterás en problemas –advirtió Sam.

-Por pasar un momento contigo estoy dispuesto a pagar cualquier demanda.

Sam sonrió delicadamente.

-Me preguntaste en que creía yo. Simplemente te diré que creo en algo superior. No sé si llamarlo Dios, pero creo que de cierta forma nos vigila, aunque permite que actuemos bajo nuestras propias convicciones.

-Y ¿Cuál es tu convicción?

-Mi convicción más grande es estar contigo. No pienso en otra cosa por ahora.

Sam volvió a sonreír.

Mientras caminaban hacia la nave, sintieron un leve ruido, un crujir en las cercanías que los hizo alertarse. Miraron en todas direcciones y al no ver ninguna amenaza presente continuaron su camino y aceleraron el paso.

- ¡Llegamos! Prepárate para ver algo sorprendente –dijo Francis.

Bajó la rampa de acceso y se prendieron las luces como dando la bienvenida a ingresar a la nave.

- ¿Qué esperas? ¡Sube!

Sam se había quedado contemplando la magnificencia de tal espectacular acontecimiento único para ella. Una de las respuestas sobre si había más humanos ya había sido respondida y no podía esperar para averiguar con que se sorprendería. Subió corriendo por la plataforma.

-Pero que dem… wow, ¡Esto es fantástico!

Sam no podía describir lo que veían sus ojos. El interior de la nave parecía una sala de comando radiante. Una serie de luces y controles interminables que confundían a cualquiera. Pantallas transparentes, con tecnologías soñadas, cableados y mangueras recorrían de un extremo a otro y distintos aparatos que adornaban y convertían la cabina en un espacio de otro mundo, literalmente.

-Vaya, sí que estas impresionada ¿No?

- ¡Pues claro!, nunca me había subido a una nave espacial ¿Podremos volar?

-No te emociones, debemos ahorrar combustible.

-No perdía nada con preguntar. Pero debo admitir que me emociona más estar contigo.

- ¡A mí también mujer!

Continuaron recorriendo cada área de la nave y Sam se veía fascinada mientras observaba el interior de cada compuerta que abría. Hubo una en particular que se encontraba sellada y tenía una especie de bloqueo mediante un código, pero Francis dijo que no tenía importancia.

Siguieron con su recorrido hasta que llegaron a una recamara. Comenzaron a besarse muy apasionadamente. La temperatura de la habitación subía poco a poco y entraron en un frenesí imparable de deseos que los llevó a desnudarse completamente. Era la primera vez que Sam exploraba su intimidad de esa manera y Francis resultaba ser el hombre de sus sueños. Sam se entregó por completo y consumaron el principio de su amor de manera muy delicada e inolvidablemente romántica.

Pasaron esa noche intensa en la nave y al alba ambos despertaron abrazados, felices de amanecer juntos. Se levantaron rápidamente y se apresuraron en regresar para no ser vistos. Salieron de la nave y en cuanto iban caminando por la ladera del rio Sam se percató de un bulto extraño junto a unos arbustos. Se acercó para examinar pensando que se trataba de algún animal.

Sam fue la primera en llegar y para su sorpresa se encontró con el cadáver de un hombre. Que inesperado y aterrador hallazgo, sobre todo luego de aquella maravillosa noche. Fue tal su grito que Francis corrió a socorrerla de inmediato. Sam no pudo identificar el cuerpo y se encontraba inquieta. Se preguntaba quién podría ser, pero no encontraba respuestas. La cara de Francis, sin embargo, acusaba saber la identidad del desafortunado, pues se trataba de Hákon.

Capítulo VI

Desaparecido

¡Último llamado!

¡Último llamado!

"Se recuerda a toda la comunidad que hoy vence el plazo para las inscripciones al campeonato de macrentone" —se oía por los altoparlantes.

Que expectación más grande. Ya faltaba poco para el evento más esperado del año. El glorioso campeonato unificador que, además, permitía la complacencia de los habitantes y recargar energías para una próspera temporada y todo gracias a la misericordia del monarca Kharén.

En el patio principal ya se comenzaba a trabajar en el armado de las gradas. Se podía ver el entusiasmo de los pobladores al momento de trasladar las vigas de madera y los accesorios necesarios para montar la infraestructura requerida. Las graderías debían disponerse por secciones portátiles, que unidas daban la sensación de continuidad.

El piso en cambio, no necesitaba muchos arreglos, pero de igual manera debía ser preparado para la ocasión, principalmente en corregir algunas secciones disparejas de la cancha y demarcar las áreas de juego.

La ornamentación se encontraba en proceso, pues primero debía estar lista la edificación, antes de adornar y darle el toque final. Por este motivo, los avances estaban siendo trabajados aparte, en los talleres de arte.

Ya pasada la mañana, y en medio de los preparativos, una cuadrilla de guardias se alistaba para salir de la Ciudadela. Se habían reunido y analizaban las tareas que realizarían.

- ¿Lou, eres tú? –preguntó Sam.

- ¡Hola Sam! –respondió Lou.

-Pero ¿Qué haces? ¿Por qué estas vestida así?

-Ahora soy parte de la guardia ¿No me veo genial?

-No sabía que tenías ambiciones de enlistarte.

-No me fue muy bien pescando, pero hice grandes amigos –sonrió. Samuel y Pirlo son espectaculares.

-Y dime, ¿A qué se debe todo esto?

-No te puedo decir –bajó la mirada.

-Pero Lou, eres mi amiga ¡Dime!

-Solo te diré que hay un investigador perdido y saldremos a buscarlo. Me tengo que ir.

Se abrió el portón principal y el escuadrón se reagrupó y partieron hacia el exterior.

Sam fue a buscar a Francis al comedor y luego al clandestino, pero no lo pudo ubicar. Cuando caminaba de vuelta por la calle de la feria vio a Rebeca y decidió acercarse, pero de pronto, divisó al capitán de la guardia que la tomaba del brazo y algo le decía. No pudo escuchar, pero la cara del capitán no era la habitual y se notaba algo molesto. La maestra se zafó de Bruce y comenzó a caminar rápidamente, mientras este la siguió un par de pasos, se detuvo, abrió los brazos, se rascó la cabeza y tomó otra dirección.

Sam siguió caminando, mirando los alrededores. Su cabeza estaba al borde de explotar. Por una parte, pensaba en la maravillosa noche que había pasado junto a Francis, tan única y espectacular, aunque, por otra parte, en cambio, no podía sacarse de su mente la imagen del cuerpo que había divisado en la mañana. Estaba en conflicto consigo misma porque a pesar de que tenía la intención, no había sido capaz de denunciar el macabro hallazgo.

Seguía en conflicto con sus dilemas hasta que, sin darse cuenta, llegó al pasillo frontal. Se quedó mirando hacia abajo y apoyó sus manos en la baranda. Realmente se veía afligida.

- ¿Que hace una princesa merodeando sola? –preguntó Rench.

-Ah, hola –dijo Sam sin prestarle atención.

-No es bueno que se exponga de esta manera.

-No se preocupe, me se cuidar sola.

-En estos tiempos difíciles, en los cuales tenemos una persona desaparecida, hay que reforzar los cuidados. Sería lamentable que algo malo le pasara a usted. Piense en cómo se sentiría su pobre padre si algo malo le ocurriera.

En ese preciso instante se interrumpe la conversación.

- ¡Princesa querida! ¡Me alegro de verla!

- ¡Hola Marcus!

-Al parecer ¿Estas ocupada?

-No, llegas en el momento indicado.

- ¡Acompáñeme entonces! –le ofreció el brazo para guiarla.

Sam lo cogió del brazo y comenzaron a caminar por el pasillo. Mientras se alejaban, Marcus quedó mirando a Rench fijamente y este sonrió y se alejó en la dirección contraria.

-Espero que Will se encuentre mejor, luego del desafortunado accidente –comentó Sam.

-Sí, ya se encuentra bien y operativo. Pero me deja intranquilo el desperfecto que tuvimos. Al parecer, alguien olvidó la sujeción en la unión de la cañería alterna, puesto que faltaba el perno del anclaje.

-Vaya ¡Que descuido!

-Princesa, por otra parte, me gustaría saber cuándo se irán los visitantes. Para serle sincero, me desconcierta el hecho de que estén metiendo sus narices donde no les incumbe. No me malentienda. Respeto la decisión de su padre, pero no me gusta exponer nuestros secretos ante extraños. No sé si me entiende princesa.

-Comprendo tu inquietud, y al mismo tiempo, te pido que te quedes tranquilo. Estos son los últimos días de los visitantes antes de marcharse.

-Gracias princesa, te has convertido en una gran mujer, sabia igual a tu madre, la reina Yahira.

Antes del atardecer, la cuadrilla de guardias atravesaba el portón principal sin rastros del desaparecido. Afortunadamente, no habían sufrido ningún percance en la búsqueda de evidencia que los llevara al paradero del investigador. Al parecer, solo se habían topado con algunos murds en estado salvaje, pero indefensos si se les deja tranquilos.

Más tarde, Sam divisó a Francis y fue en su búsqueda. Se encontraba muy angustiada con la situación en la que se había involucrado y no se permitía a sí misma, continuar sin decir ninguna palabra. Sus convicciones le impedían ocultar una información tan importante. Pero ¿Que debía haber realizado? Si hubiese hablado inmediatamente al percatarse de lo ocurrido, se habrían dado cuenta que había pasado la noche a las afueras de la Ciudadela y, por si fuera poco, con un hombre. Adicionalmente, Francis también se habría metido en problemas al desobedecer a su padre y, sin lugar a dudas, las cosas se habrían salido de control si interfería el monarca también.

Que angustiante situación… quizás aún este a tiempo de decir la verdad, quizás no sea tan malo como parece y todo tenga solución. Ahora bien, si me detengo a pensar en la mínima posibilidad de que crean que nosotros tuvimos algo que ver, es decir, si derechamente nos acusan de haber matado a Hákon y nos encierran de por vida en la zona oscura. Sería terrible pasar toda mi vida encarcelada y, aunque mi padre pudiera salvarme de tal atroz final, la única opción viable seria entonces que Francis solamente fuera encarcelado o peor aún, que lo sentencien a lo peor y, como sea el caso, me niego a aceptar tal brutal sentencia.

- ¡Samantha! –dijo Francis.

- ¿Dónde has estado? Te he buscado todo el día –aclaró Sam.

-Estaba ocupado con unas cosas.

-Estoy sumamente afligida ¿Qué haremos?

-Pero ¿A qué te refieres? quedó claro que por nuestro bien no diríamos nada. Además, es solo cuestión de tiempo para que encuentren el cadáver.

-No lo sé Francis. Me inquieta bastante esta situación –se cruzó de brazos.

- ¡Confía en mí!, será mejor que no digamos nada.

- ¡Está bien!

- ¿Sabes qué? Se me acercó Rench y comenzó a decir algunos disparates. Por suerte llegó Marcus y me salvó. ¿Qué hay de malo con ese sujeto?

-Es un poco inestable, pero muy inteligente y persuasivo. ¡Hablaré con él!

- ¡Despreocúpate! No quiero que tengas problemas, ¡Déjalo así!

- ¡No le tengo miedo!, pero por ti lo haré.

Se besaron un momento, se abrazaron fuertemente y se despidieron. Francis se dirigió a su habitación y Sam se quedó tomando aire fresco un momento.

-Sam ¿Qué haces?

- ¿Rebeca?

-Pero ¿Qué hacías con ese muchacho?

- ¿Que? ¿Cuál muchacho?

-Te acabo de ver Samantha, no me mientas.

-Tienes razón Rebeca, eres mi amiga y no te puedo mentir, pero ¿Qué más te puedo decir?

-Solo te diré que tengas cuidado.

-Eres la segunda persona que me dice eso. ¿Por qué me lo dices?

-No lo sé Sam, pero creo que algo no anda bien. Desde que llegaron estos visitantes Bruce ha actuado un poco raro, no como suele hacerlo. Resulta que el otro día falte a clases para seguirlo sin que se diera cuenta. Actuaba de manera sospechosa y se le acercó un hombre. Se trataba de aquel con cabeza rapada.

- ¿Rench?

-Sí, él. Estuvieron hablando un momento, parecían alterados. No pude oír lo que decían, pero no me atrevo a preguntarle que hacía y tampoco puedo imaginármelo.

-Un malentendido quizás, y tu ¿Qué hacías acá afuera?

-Estoy siguiéndolo otra vez.

-No seas paranoica Rebeca. Acompáñame adentro y nos tomamos un té.

La mañana siguiente, nuevamente salió una cuadrilla de guardias en busca del desaparecido. Ya se había corrido el rumor y algunos ciudadanos ya estaban al tanto de la desaparición, lo cual veían como un acontecimiento muy extraño, debido a que no recordaban que ocurriera una situación similar.

En cada rincón se murmuraban hipótesis distintas. Algunos decían que estaba en el calabozo, otros aseguraban que estaba en la nave y los más extremos señalaban que había visto la luz y se encontraba en un viaje espiritual recorriendo las montañas.

Sam no durmió nada bien esa noche y seguía angustiada. Y ¡¿Cómo no?! Si no es que a diario aparezcan cadáveres. Definitivamente, no es natural que alguien se muera a propósito y se vaya a tirar a la orilla del rio. Sería descabellado que alguien se suicidara y no hubiera rastros de cuerdas o navajas. Y si… ¿Un animal lo hubiera atacado? ¡Un momento!, entonces no encontraríamos rastros, pues claro, se lo habría devorado. ¡Santo Dios!, si no se fue un suicidio y no se lo comió un animal entonces se trata de un… ¿Homicidio?, ¿Cómo puede ser posible?, en los últimos años no hemos tenido homicidios en nuestra Ciudadela. Nos encontramos entonces en presencia de un… ¡Asesino!

¡Válgame Dios!, el único asesino que recuerdo fue "Jack el silencioso", quien tuvo una discusión y se peleó con "bigotes Harry" en la cantina, pero fue una riña desafortunada en la cual una caída y posterior golpe en la cabeza con una mesa provocó la muerte del pobre Harry. De todas maneras, mi padre, en su autoridad y haciendo justicia, tuvo que desterrar a Jack y luego de eso no se han visto más lamentables casos de semejante índole.

¡Atención!

¡Atención!

"Se informa que ya se cerraron las inscripciones para el campeonato de macrentone. A continuación, revelaremos los nombres de los equipos en competencia:"

1. Osos montañosos
2. Las Caracolas
3. Espíritus salvajes
4. Los mapaches voladores
5. Marineros frescos
6. Los purificadores
7. Guerreros del valle
8. Los astros

"Le deseamos suerte y el mayor de los éxitos a todos los equipos participantes"

Ya cada vez quedaba menos para el torneo más esperado. Equipos mixtos y multidisciplinarios que mantenían la expectación aldente y la intriga de quien finalmente resultaría campeón, puesto que todos tenían posibilidades de brillar y obtener la victoria.

-Maravillosa oportunidad de deslumbrar al pueblo ¿No? –dijo Marlok.

- ¡Así es!, un oasis en el desierto –respondió el monarca.

- ¿A quién se la habría ocurrido semejante distracción? Si por mi fuera, haría algo más interesante.

- ¿Ah sí? ¿Algo como qué?

-Algo como… un torneo de pelea hasta la muerte. Solo un ganador que permita el regocijo de la gloria en su máxima expresión. Que permita también el uso de armas, sin reglas. ¡Que glorioso seria!

- ¡Pero eso sería algo macabro!

-Macabro o no, cumple el mismo objetivo ¿No es cierto?

-Sí, lo cumple, pero sería incapaz de aceptarlo. Así como no puedo aceptar que aún no encontremos a tu compañero perdido. Créeme que estamos haciendo esfuerzos para hallarlo.

-Lo sé, lo sé –miró su copa media vacía, la meneó y se la bebió.

Los hombres de Marlok ayudaban con la búsqueda, dentro de lo posible, porque también tenían otras obligaciones que cumplir, así que, sus esfuerzos estaban divididos. Estaban desconcertados, pues la duda los invadía y no se explicaban la desaparición de su compañero. Algunos poco elocuentes, decían que había huido de la misión y se encontraba escondido en algún refugio cercano.

-Francis, ¡Necesito hablar contigo! –dijo Sam.

-Claro, dime, ¿Qué ocurre?

-Ya sé lo que pasó con Hákon –le afirmó ambas manos.

- ¡Por supuesto! ambos lo sabemos.

-Ambos sabemos que está muerto, pero estoy segura de que alguien lo asesinó.

-Dices que… ¿Alguien lo mató?

- ¡Así es!, y lo peor de todo es que sigue suelto, es decir, hay un asesino entre nosotros. No podemos esperar a que alguien más muera.

-Mira, para serte franco, no sé en qué problemas se metió Hákon y no se me ocurre quien podría haberlo asesinado.

-No importa, solo demos aviso a la guardia para que al menos encuentren el cuerpo.

- ¡Está bien! Avisémosle al capitán.

-No, a él no. Digámosle a la cuadrilla de búsqueda.

Para ese entonces, ya era de noche y los guardias se encontraban reponiendo energías para continuar con la búsqueda al día siguiente. Era frustrante llegar nuevamente con las manos vacías, pero tenían la esperanza de cumplir con lo solicitado por el monarca.

A la mañana siguiente, Sam se dirigió al punto de reunión desde donde saldría la cuadrilla, pero no le fue posible contactar a su amiga Lou para darle las indicaciones, pues habían salido al amanecer.

Miraba en todas direcciones sin saber qué hacer. Era como si el tiempo se hubiese detenido por un momento y el mundo se hiciera pequeño en su mente. Todo era más lento. A su alrededor podía escuchar sonidos particularmente inaudibles y lejanos; como pájaros alimentando sus crías e insectos caminando. Se tomaba la cabeza con ambas manos, como tratando de detener las confusiones que percibía, pues la Ciudadela le daba vueltas en círculo.

- ¡Princesa Sam! ¡Princesa Sam! —se escuchaba un eco a lo lejos.

- ¡Princesa Sam! —repetía Edan.

Sam cerró sus ojos y realizó una breve introspección en sí misma. Para esto, imaginó la tranquilidad del mar, la esplendidez de las olas, de la brisa en su rostro, de la arena en sus pies y sumó también un cálido abrazo de su madre y, de esta manera, pudo despertar de aquel transe que parecía eterno.

- ¡Princesa Sam! —se vuelve a escuchar.

-Sí, ¿Qué ocurre?

- ¡Se había ido!

-No te preocupes, sigo aquí.

En el patio, seguían trabajando en los últimos retoques para tener todo listo para dar inicio al campeonato. Solo faltaban algunos detalles menores. Con más intensidad también, se veían los distintos equipos entrenando y poniéndose a punto para debutar de excelente manera y demostrar su superioridad ante los demás.

Francis se encontraba hablando con algunas personas, pues le interesaba saber de qué se trataba el macrentone, debido a que notaba mucho entusiasmo en los habitantes y le resultaba interesante contextualizar el panorama.

Algunos le explicaban a grandes rasgos las instrucciones y reglas del juego, pero le resultaba algo confuso. Comprendía en todo caso, que se trataba de dos equipos que mediante unos bastones debían hacer anotaciones en arcos circulares que defendía el equipo contrario y, evidentemente, triunfaba aquel equipo que marcaba más puntos.

Rench por su parte, observaba detenidamente los pasos de Francis y se mantenía a la distancia expectante. Una vez que terminó de hablar con las personas se acercó directamente a él, cruzando de un lado a otro, sacando la lengua y moviendo la cabeza.

- ¡Hola niño bonito! –le dijo a Francis.

- ¿Que hay? –respondió.

- ¿Qué te traes con la princesa?

- ¿A ti que te importa? ¡Déjame en paz!

- ¡Tranquilo muchacho! Recuerda que soy tu amigo.

- ¡Métete en tus asuntos será mejor! –Francis comienza a alejarse.

-Sería una pena que tu padre se enterara de tu noviazgo con la princesa.

- ¡No tiene por qué enterarse! –se acercó y le puso su mano en el cuello.

-Tranquilo chico, no te emociones –dijo Rench.

Francis lo soltó y terminó de alejarse, mientras Rench se queda sonriendo.

Un momento más tarde, se abrió el portón principal y comenzó a hacer ingreso la cuadrilla. Como ese día habían salido muy temprano, la mayoría ya no aguantaba más de hambre y tenían la necesidad de comer lo que fuera, de hecho, se peleaban en la fila del comedor para ver quien obtenía primero un plato de comida.

Sam se mantuvo pendiente de la cuadrilla de búsqueda y cuando el equipo se preparaba para salir nuevamente, se presentó delante de estos para solicitar que la llevaran consigo.

En primera instancia, los guardias se negaron a cumplir las órdenes de la princesa argumentando que era muy riesgoso y atentaba contra su seguridad, pero la osadía, temeridad e insistencia de Sam, quien indicaba que necesitaba ayudar en la exploración, hizo cambiar de opinión a los hombres y accedieron a llevarla.

- ¿Qué haces Sam? —preguntó Lou.

-Creo ayudar con la investigación ¡Necesitaré de tu ayuda! —se quedó mirando a Lou.

-Sam ¡Esto no es un juego! Es peligroso andar en las afueras.

- ¡Solo escúchame y hazme caso! —insistió Sam.

-Llevo toda mi vida haciéndote caso y siempre me metes en problemas —dijo con cara de angustia.

-Esta vez será diferente ¡Te lo prometo! Ahora dime ¿A dónde nos dirigimos?

-Vamos a los roquerios.

- ¿A los roquerios? Debemos ir en otra dirección. Debes convencer al teniente para seguir con la búsqueda por el borde del rio.

- ¿Estás loca? Ya revisamos ahí y no hay nada.

- ¡Créeme!, hoy nos irá mejor.

Lou pensaba que Sam no estaba dentro de sus cabales y según ella, la princesa presentaba otro de sus berrinches, pero si su amiga se lo pedía no podía fallarle y como siempre, estaba dispuesta para ayudarla.

-Teniente Alquinta —dijo Lou.

-Indique —respondió el teniente.

- ¿No cree que sería buena idea recorrer el borde del rio para luego ir a los roquerios?

- ¿Qué es lo que dices recluta? Ya revisamos ese sector.

- ¡Lo sé teniente!, pero los hombres necesitan refrescarse. Solo mire sus caras de cansancio. Sería mejor si reactivamos su espíritu. Además, recuerde que andamos con la princesa y ella hablaría bien de su liderazgo ante el monarca.

- ¡Está bien! Cambio de rumbo equipo. Pasaremos a recobrar energías al rio y continuaremos con la búsqueda.

- ¡Viva el teniente! –se escuchaba.

La cuadrilla se desvió entonces, según la nueva instrucción del teniente y se desplazaron por el camino exterior y más adelante combinaron al sendero que los acercaba al rio.

Los guardias marchaban a paso firme y disimulaban cierta alegría bajo sus uniformes, pues querían y necesitaban tomar un descanso luego de tan intenso trabajo realizado hasta el momento.

Sam estaba expectante al saber que pronto terminaría con la angustia de esclarecer la desaparición de Hákon y, de esta manera, sacarse un peso de encima y quedar un poco más tranquila y, aun mejor, no exponerse a ella misma ni a Francis.

Una vez terminada esta búsqueda, solo quedaría pendiente esclarecer el cómo y por qué. Sam tenía la convicción que alguien había asesinado al investigador y no podía pasar desapercibida la indagación para dar con el homicida. La primera parte sería entonces hallar el cuerpo, y la segunda por supuesto, hacer justicia por tal atroz crimen.

Ya se podía escuchar el rio y a medida que se acercaban más, se podía oír con mayor intensidad. Comenzaron a caminar por el borde de este, para conseguir una mejor zona para bañarse, aunque fuera por cinco minutos, y luego, emprender camino hacia el roquerio.

Mientras se acercaba a la zona donde estaba el cuerpo, el corazón de Sam aceleraba sus latidos, pues la imagen de Hákon seguía atormentándola en su cabeza. Sus pasos eran algo torpes y le costaba desplazarse con normalidad. Ya quedaba menos y podía ver los arbustos, solo faltaba un poco más, solo unos pocos pasos.

Podía sentir en sus zapatos cuando pisaba las piedras. Terminando la hilera de arbustos estaba el cuerpo tendido en el piso. Sam dio los últimos tres pasos, esta vez con los ojos cerrados, y cuando los abrió se llevó una sorpresa increíble ¡No estaba el cuerpo! Quedó totalmente impactada con este nuevo descubrimiento. Miró repetidamente todo el sector y no pudo entender qué era lo que había ocurrido.

La cuadrilla avanzó hasta que dieron con un lugar perfecto, donde el agua estaba más calmada y corrieron a zambullirse sin pensarlo. Se mojaban la cara, el pelo, se tiraban agua como si fueran niños y reían gozando un momento de felicidad entre compañeros.

Sam permanecía sentada en la orilla y por más que pensaba, no encontraba explicación lógica a lo que habían visto sus ojos. ¿Cómo era posible que no hallara el más mínimo rastro del cuerpo? No había vestimentas ni vestigios que dilucidaran algo al respecto.

-Ya estamos en el rio Sam ¿Encontraste lo que buscabas? –preguntó Lou.

- ¡Nada! Estaba convencida, pero no hallé lo que buscaba.

- ¿Y qué buscabas si se puede saber?

- ¡Lo mismo que tú! –se lamentaba.

- ¡Se acabó el recreo señoritas! Continuaremos a los roquerios –dijo el teniente.

Sam sabía que no valía la pena y era tiempo perdido, pero para no levantar sospechas, siguió con la búsqueda hasta la noche, que es cuando volvieron a la Ciudadela, luego de una extensa caminata.

Mientras los guardias cenaban, Sam estaba sentada en un peldaño de un desnivel, tomando aire, sola contemplando el cielo estrellado. En eso se le aproximó Rebeca y le hizo compañía sentándose a su lado.

-Te veo triste Sam, ¿Qué te ocurre?

-Pasó algo terrible Rebeca. Aun no puedo comprender el mal de algunas personas.

-Mi niña, ¿Cómo podría ayudarte para que estés mejor?

-No hay nada que pueda ayudarme ¡Me siento terrible!

- ¿Que puede ser tan terrible para que no me quieras contar?

- ¿Recuerdas el investigador desaparecido?

- ¡Pues claro que sí!

-Resulta que encontré su cadáver en el rio y por temor no dije nada. Hoy estaba dispuesta para ir a buscarlo, pero el cuerpo ya no estaba ahí.

Escucharon un ruido que las interrumpió, se voltearon a ver y se trataba de Susy, quien quedó estupefacta al escuchar la noticia y luego salió corriendo sin destino alguno.

- ¿Que le habrá pasado? –preguntó Sam.

- ¡No lo sé!, pero la vi hablando un par de veces con el desaparecido que mencionas.

- ¡No puede ser!, a mí me contó que estaba saliendo con alguien ¿Crees que se haya tratado de él?

- ¡Maldición! Iré tras ella –dijo Rebeca.

A la mañana siguiente, la Ciudadela estaba consternada. Al ánimo estaba por el suelo y se sentía un aire de tristeza al interior de los muros. El silencio era testigo y entre lágrimas, se podía ver el cuerpo de Susy colgando desde la rama de un árbol.

Capítulo VII

Campeonato conquistado

Como si un homicidio no fuera suficiente, ahora un suicidio perturbaba también los pensamientos de Sam. Todo era muy confuso para ella y no entendía el funcionamiento de las cosas, pues le era difícil encajar los recientes acontecimientos y que, por lamentables que fueran, en cierta medida se sentía responsable.

-Padre, debes detener el macrentone ¡De inmediato!

- ¿Qué es lo que ocurre contigo? ¿Por qué debería hacer eso? —mientras se encogía de hombros.

-Detenlo padre, ¡Por favor!

-Querida, sé lo terrible que debe ser para ti aceptar la muerte de Susy, pero no puedo parar el campeonato solo porque sí.

- ¡Pero padre!

-Samantha, sabes que este es más que un simple torneo y lo que significa para el pueblo y nuestro funcionamiento. No puedo terminarlo, así como así, a menos que tengas un argumento mayor que me quieras compartir.

Sam pensó por un momento y mantuvo en silencio la historia del descubrimiento del cuerpo del investigador.

-No padre, estos lamentables hechos que nos aquejan nublan mi visión, perdón.

Ya quedaban los últimos días para que los visitantes se fueran y era común verlos trasladando algunos equipos y cajas que utilizaban para sus investigaciones. Decían que los conocimientos adquiridos serían de gran utilidad en el nuevo mundo y les ayudaría enormemente para seguir desarrollándose en las estrellas.

El monarca Kharén y Marlok se ponían de acuerdo y discutían los detalles finales para la retirada del equipo de investigadores y el regreso de estos a casa. Serían hospedados y seguirían como invitados hasta que concluyera el campeonato, y una vez finalizado, deberían irse siendo amigos y entregando mensajes de paz y alianza a quienes los habían enviado.

Sam, por su parte, sentía la necesidad de pasar con Francis estos últimos momentos. Precisaba sentirse protegida en los brazos de su hombre y requería también estar tranquila y consolada. La angustiaba el hecho de que perdería toda comunicación con él y probablemente jamás lo volvería a ver ¡Que infortunio! –se lamentaba.

La muerte de Susy, por desdichada que se sintiera, dejaba entre ver una realidad sumamente desgarradora, pues la Ciudadela no contaba con cementerio y, por ende, no incluía una sepultura tradicional. Entonces, llorar a los muertos resultaba sumamente difícil. En cambio, y con el afán de ahorrar y no desperdiciar nada, simplemente se quemaba el cuerpo y era utilizado en la caldera como combustible para la calefacción.

A pesar de la terrible noticia, Lou y la cuadrilla de guardias igualmente salieron, como se había hecho costumbre, a buscar al investigador desaparecido. Ya se agotaban las instancias y cada vez había menos oportunidades de encontrarlo.

El campeonato ya iba a comenzar y todos los preparativos estaban listos. La cancha estaba dispuesta, rodeada en todo el contorno por gradas que asimilaban un gran estadio. En el cielo se veían hileras de luces de lado a lado que hacían del lugar un hermoso complejo cuando se oscurecía. Los lienzos y adornos con los colores de los equipos le daban un toque de rudeza y el audio proveniente de los megáfonos envolvía con una sensación de empoderamiento y plenitud.

El macrentone es un deporte mixto que se juega con siete jugadores titulares y tres reservas que pueden entrar y salir sin límite de veces. La distribución en el campo se compone por un portero que defiende el aro, tres guardianes defensores, un marcador y dos anotadores.

La cancha consiste en un ovalo alargado que posee dos aros redados y fijos, uno en cada extremo, en el que los anotadores deben tratar de introducir el balón. El campo de juego está dividido en cuatro segmentos y dependiendo del lugar donde se anote, será el valor de los puntos que se otorgan. Mientras más lejos del aro mayor es el puntaje y al finalizar los tres tiempos, quien haya marcado más puntos es quien resulta vencedor.

Otra característica importante del macrentone es que cada integrante del equipo posee un bastón, con el cual debe golpear una bola de tal manera que, en conjunto, logren sobrepasar al oponente sin tocar el balón con las manos ni los pies.

La primera parte del torneo consiste en que deben jugar todos los equipos contra todos, sin distinción alguna. Más tarde se definirán los primeros cuatro equipos que avanzarán a la siguiente ronda, y quienes hayan logrado más victorias y marcaron más puntaje. Para finalizar se retarán dos equipos por una parte y dos equipos por otro lado. quienes resulten perdedores de ambos duelos definirán el tercer y cuarto lugar y quienes resulten ganadores se enfrentarán en la gran final.

-Me encantaría que te quedaras aquí conmigo –dijo Sam sonrojándose.

- ¿Crees que tu padre me aceptaría? –Francis dirigió su mirada hacia otro lado.

- ¿Por qué no?, tienes rasgos de líder nato.

-Tu padre me ve como un invasor y carroñero, incapaz de ser alguien digno para ti.

-Si te conociera bien te ganarías su respeto. ¡Estoy segura!

Francis sonreía, mientras con su mano acariciaba el brazo de Sam. Ambos estaban desnudos y recostados en la cama. Como si el tiempo se detuviera y nada más importara. Como si solo fueran ellos, los amos del todo y dueños de la creación. El ímpetu juvenil que reencarna la perfección y la pasión.

-Hay algo que quiero decirte, mi querida Sam –Francis se sentó en la cama.

- "Démosle la bienvenida a estos valientes guerreros, hijos del sacrificio y el rigor…

- ¡No hay tiempo!, ya comenzó la ceremonia de inauguración –se levantó rápidamente y comenzó a vestirse.

…Seremos testigos una vez más, del impresionante juego bendecido por el ser celestial. Inclínense ante tal maravilla, que culminará en la coronación de los elegidos para triunfar".

- "Se presentan en el campo de juego Los Osos montañosos quienes quieren mantener el título, seguido por Las Caracolas, Espíritus salvajes entran al campo, Los mapaches voladores aparecen también, los Marineros frescos quieren su oportunidad, Los purificadores presentan nuevos jugadores, los Guerreros del valle tienen hambre de victoria y últimos, pero no menos importantes, Los astros".

"Con la presentación de estos ocho equipos damos por iniciado el cuadragésimo séptimo campeonato de macrentone. ¡Buena suerte a todos!"

Se escuchaba desde las gradas aplausos, gritos y canticos alentadores. Las barras de cada equipo improvisaban bailes y agitaban banderines en señal de apoyo. También había comida en abundancia y vino de manzana para los apasionados espectadores.

En la previa del primer encuentro, el cuerpo de baile amenizaba a la audiencia con grandiosas y variadas coreografías que entretenían al público. Los más osados se atrevían a bailar, como si se tratara de una alegre fiesta.

El monarca Kharén disfrutaba del espectáculo desde su acomodado sitial ubicado en una grada independiente, más elevado y con cojines que le brindaban mayor bienestar, acompañado también con telas que lo protegían del sol. Lo asistían sus asesores y dos guardias vigilantes.

Se dio inicio al primer partido entre los marineros frescos y los guerreros del valle. Todos los jugadores daban lo mejor de sí, pues ansiaban la victoria. Sam alcanzó a llegar para la partida y se acomodó en una de las gradas que se encontraba semillena.

Como se trataba del campeonato anual, la Ciudadela entera estaba atenta y expectante, por tanto, se había parado la mayoría de las tareas y actividades de funcionamiento. Solo aquellas esenciales continuaban ejerciendo con normalidad o a "media máquina".

Para los visitantes todo era nuevo y disfrutaban de la efervescencia que provocaba el juego en los fanáticos. Ellos también participaban de la fiesta y se incorporaban en los canticos que escuchaban. Algunos incluso tenían las caras pintadas en señal de apoyo hacia los distintos equipos.

Ya había terminado la primera parte del juego y en el descanso, Rebeca se hizo camino para sentarse junto a Sam.

-Querida Sam, ¡Todo es mi culpa! –dijo entre lágrimas.

- ¿A qué te refieres Rebeca? ¿Por qué dices eso?

- ¡Todo es mi culpa! –volvió a repetir y se tapó la cara con ambas manos.

-Si hubiera sido más insistente con Susy ahora estaría viva –seguía lamentándose.

-No te estoy entendiendo –dijo Sam algo confundida.

-Cuando salió corriendo la seguí y me costó hallarla, pero finalmente pude acercarme a ella. Estaba totalmente destrozada por lo que había descubierto.

-Tiene que haber sido duro para ella –reflexionó Sam.

- ¡Así es!, hablamos un rato y me contó de su amorío con Hákon. Estaba tan feliz de haber encontrado a su primer amor. Él le había dicho que no volvería con su gente y que tenía planeado quedarse aquí con ella.

-También me hablaba de la vida y de los planes que tenían juntos. Jamás pensé en que se quitaría la vida. Debí haberme quedado con ella. Estoy tan arrepentida Sam –decía entre lágrimas.

-No es tu culpa Rebeca ¿Quién se habría imaginado tal desenlace? Es una pena tan grande y debemos aprender a vivir con eso.

Ambas se abrazaron y compartieron su dolor.

Al mismo tiempo, ya había comenzado la segunda parte del juego, la cual se desencadenó en un abrir y cerrar de ojos. Nuevamente se fueron al descanso y ya en la tercera parte ambos equipos se dieron con todo. Finalmente, los guerreros del valle se impusieron por sobre los marineros frescos y hubo un receso para el próximo partido.

Mientras comenzaba el siguiente encuentro, todos se aglomeraron en los puestos de comida que habían instalado. Hacían fila para recibir tiras de carne, pan y, por supuesto, vino de manzana.

Los vencedores se retiraban para descansar, reponer energías y prepararse para el próximo juego. Sabían que debían mantener el nivel demostrado si querían seguir avanzando en el campeonato. Los perdedores en cambio, que aun mantenían posibilidades debían reflexionar y mejorar algunos detalles para mantenerse activos.

Las tribunas comenzaban a llenarse nuevamente, pues en esta ocasión se enfrentarían los osos montañosos contra los astros. En la previa de nuevo intervino el cuerpo de baile para entretener a los ansiosos espectadores.

El monarca se mantenía sentado en su trono improvisado junto a sus asesores y atentos observaban los detalles de la competencia. Marlok también se mantenía al tanto y veía con atención cada pormenor que sucedía. En una de sus observaciones cruzó mirada con el monarca y alzó su copa en señal de saludo, mientras sonreía.

- "Le damos las gracias a nuestro cuerpo de baile por esta grandiosa interpretación. Ahora, prepárense para ver el espectacular encuentro que se nos viene a continuación. Con energía, destreza y entusiasmo entran al campo los osos montañosos y los astros. Recibámoslos con un fuerte aplauso y que gane el mejor".

Ambos equipos tomaron posiciones en la cancha y comenzó el segundo encuentro. No estuvo tan peleado debido a que los osos montañosos eran un rival sorprendentemente fuerte. Hacían mención a su nombre y se notaba supremacía. El resultado fue categórico en la aplastante victoria.

Al inicio del tercer partido entre los mapaches voladores y los purificadores, Sam se dio cuenta que debajo de la grada estaba Leyla, quien se encontraba sola.

-Hey enana, ¿Qué haces ahí abajo? —le dijo.

-Me estoy escondiendo de un niño que me molesta —dijo algo angustiada.

-No le hagas caso y ven conmigo.

La niña se encaramó como pudo y se sentó junto a Sam.

- ¡Escúchame bien! Debes ser fuerte y no debes demostrar miedo.

-Está bien —dijo Leyla.

Sam la abrazó con fuerza y se quedaron mirando el partido que estaba bastante emocionante, tanto así, que ninguno daba su brazo a torcer y cada jugada era aclamada por la tribuna. Era la segunda etapa y el juego estaba tan parejo que cualquiera podría resultar vencedor. Anotaban en un aro y al poco rato marcaban en el aro contrario. Finalmente, los mapaches voladores en una jugada combinada de último minuto lograron anotar y llevarse el triunfo.

Los espectadores estaban eufóricos ante tan impresionante encuentro y los jugadores, como buenos compañeros, se saludaban unos a otros en señal de respeto mutuo por el excelente trabajo realizado.

Para sorpresa de Sam, también llegó Adam para incorporarse en el público y se sentó junto a ellas.

- ¡Hola Adam!

- ¡Hola Sam!, espero no haber llegado tarde.

-No te preocupes, llegaste justo a tiempo para ver a las caracolas en acción –dijo Leyla.

- ¿Ah sí? Esplendido entonces.

-Acomódate y pon atención –dijo Sam.

- "Se viene el último encuentro del día entre los espíritus salvajes y las caracolas. Hoy ha sido un día muy emocionante y todos los equipos han mostrado pasión y entrega, esperemos que el siguiente partido no sea la excepción".

Dio inicio el juego y los espíritus salvajes comenzaron atacando con todo. No daban respiro alguno a las caracolas, quienes se defendían de cada amenaza lo mejor posible. Fue tal la intensidad que al terminar el primer tiempo los jugadores estaban sin aire, agotadísimos.

En el intertanto, llegó el escuadrón de búsqueda y rápidamente cogieron algo de comida y vino de manzana para sumarse a las gradas y ver lo que quedaba de partido. Lou a lo lejos vio a Adam y se fue a sentar a su lado.

- ¡Hola a todos! –dijo Lou.

- ¡Hola! –respondieron a coro.

- ¿Cómo les fue hoy? –preguntó Adam.

-Como todos los días. No encontramos rastro del desaparecido y mis pies no dan más del cansancio –Sam y Rebeca se miraron disimuladamente como cómplices, pues sabían el resultado.

- ¿Quién va ganando? –preguntó Lou.

-Hasta el momento van empatados –respondió Adam.

- "Si están preparados para la segunda parte tomen asiento y sigan disfrutando del espectáculo".

Continuó el encuentro y los espíritus salvajes controlaban el partido, mientras que las caracolas seguían defendiéndose, esperando el contraataque.

- ¡Ánimo caracolas! –gritó Leyla.

Las caracolas iban abajo en el puntaje y antes de que terminara el segundo tiempo lograron empatar en el resultado. Esto les ayudó para mentalizarse y plantarse de buena manera en lo que quedaba de partido.

El público, en cambio, festejaba y daba señales de apoyo a sus respectivos equipos. A esta altura, la mayoría de los visitantes ya estaban borrachos, pero seguían alentando a su manera y coreando algunos canticos.

Ya comenzado el segmento final, los espíritus salvajes comenzaban a dar algunas ventajas al equipo contrario. Producto del esfuerzo en la primera y segunda parte, ya estaban cansados y las caracolas aprovecharon esta situación para anotar algunos puntos extras que finalmente resultar victoriosos.

Sam y sus amigos estaban muy felices con el resultado. Festejaron y compartieron junto a los demás simpatizantes del equipo. Sam en su calidad de madrina felicitó a cada integrante por el gran esfuerzo demostrado y los instó a seguir con la misma convicción en los próximos partidos.

- "Damos por finalizada la jornada de hoy, les pedimos que dejen limpio y ordenado cuando se retiren a sus habitaciones y agradecemos al monarca Kharén por esta oportunidad. ¡Buenas noches!".

Antes de acostarse, Sam sacó a pasear a Niko para que caminara y corriera un poco. Mientras el carnero merodeaba por ahí y comía algunas cosas que encontraba, pasaba uno que otro hincha meciendo su copa en alto y entonando algún cantico.

Ya era tarde y las estrellas se posaban en el cielo nocturno. Se veía realmente hermoso, como si los destellos de tan preciadas joyas relucientes alumbraran la oscuridad de la noche y dejaran entre ver la velada indómita emergente que daba paso a una deslumbrante luna llena.

Esa noche Sam estaba cansada y solo anhelaba recostarse en su cama para rendirse ante el sueño profundo y penetrante que la renovaría de energías, pues necesitaba reponerse para mantenerse fuerte y optimista.

Justo antes de dormir, Sam había recordado que Francis le había dicho que tenía algo que contarle. Por cosas del momento fue interrumpido y no pudo hacerlo. ¿Qué era lo que Francis tenía que decir? ¿Habría sido algo importante? ¿Algo que incluía a ambos? Lo que sea que hubiese sido Sam debía prestarle atención, pues aquel muchacho le importaba de sobre manera. De todos modos, Sam no pudo analizar mucho y se quedó dormida, más tarde, pensando en su joven venerado.

Al día siguiente continuó la segunda jornada del campeonato. Nuevamente las gradas se llenaron y se vivió una fiesta inolvidable, tanto para los asistentes, como para los participantes.

Esta vez se sumaron malabaristas al cuerpo de baile y el evento brilló en todo sentido. Los artistas hicieron un homenaje especial al monarca para demostrar agradecimiento a su obra y legado.

El desarrollo de los juegos estuvo infartante, pues todos los equipos demostraron categoría y pasión en cada encuentro. Con altos y bajos lograron dar lo mejor de sí y en base a esfuerzo y sacrificio finalizaron sus duelos con la frente en alto.

Algunos afortunados victoriosos, otros en cambio, con lágrimas en los ojos, pero aun con oportunidades de seguir adelante en el campeonato. Aun no estaban cerradas las posibilidades de clasificar y quedaban encuentros por definirse.

En la mayoría de los duelos corrían las apuestas, pues, aunque válidas por naturaleza, eran mal vistas muchas veces por los monjes al igual que por algunas personas más recatadas. Xong era unos de los que constantemente se quejaba.

Los espectadores en tanto, saciados en expectativas y emociones alentaban y felicitaban a sus equipos. El trabajo demostrado era de un nivel sorprendente que hacía que los asistentes enloquecieran.

No faltó tampoco el pan, la carne seca y, por supuesto, el infaltable vino de manzana que acompañaba el panorama y mantenía contentos a los asistentes, a la hora que fuese.

En toda la jornada Sam estuvo buscando a Francis, pero no pudo percibirlo. Recorría las gradas con la mirada, de un lado a otro, sin éxito alguno y se preguntaba en dónde sería que estaría.

La misma tónica y dinámica se repitió al tercer día de competencias, con la salvedad de que los malabaristas esta vez realizaron una mágica escena utilizando fuego. Fue una impresionante rutina que cautivó a quienes presenciaban el torneo. Los niños y niñas quedaron sumamente sorprendidos y aplaudían entusiasmados.

Entre un partido y otro, los más jóvenes ingresaban a la cancha y corrían simulando ser uno de sus ídolos. Para ellos, ser una figura de macrentone era algo espectacular, pues cuando crecieran serian respetados por la ciudadanía.

Sam seguía tratando de encontrar a Francis, pero por algún motivo le era imposible divisarlo. A parte de que lo extrañaba, sentía la necesidad de saber lo que anteriormente le había querido comunicar. En un intento por buscarlo, salió desapercibidamente y se dirigió hasta las habitaciones, buscó rápidamente para no ser descubierta, revisó una primero y cuando estaba en la segunda fue cuando…

- ¡Hola princesita! ¿Que hace merodeando por aquí? —dijo Rench apoyándose en el marco de la puerta.

Sam se sorprendió y dejó lo que estaba haciendo.

- ¡Nada, ya me iba! —respondió.

-Debe saber que es de mala educación revisar cosas sin permiso. Pensaba que una princesa como usted sería más instruida —usó un tono de voz bajo.

- ¡Déjame pasar! —dijo mientras trató de salir del cuarto. Por cierto, ¿Has visto a Francis?

-Para nada, como sabrás es un niño bastante inquieto así que debe andar por ahí. Si quieres le puedo decir a Marlok que lo andas buscando y si él lo ve le puede transmitir el mensaje —siguió con la mano apoyada y no dejaba salir a Sam de la habitación.

-No digas estupideces y déjame pasar —repitió Sam.

- ¡Rench! Ya déjate de payasadas —dijo Marlok en una actitud seria.

Ambos se quedaron mirando y Sam aprovechó la oportunidad para salir raudamente.

Continuaron los juegos en grandes batallas campales que hacían parecer los encuentros como un choque de galaxias que, a su paso, pueden destellar infinidades de elementos y producir enorme energía y presión capaz de perdurar por años en la inmensidad del universo.

Así, llegaron a las últimas instancias, después de mucho ímpetu, los osos montañosos, las caracolas, los guerreros del valle y los mapaches voladores. Solo cuatro finalistas que perseguían la gloria a toda costa para consagrarse en la historia del deporte.

Ya se preparaban los detalles para los partidos que determinarían al campeón indiscutido del cuadragésimo séptimo campeonato de macrentone en la historia reciente de la Ciudadela. Había juegos de pirotecnia que acomodaban para el desarrollo de la súper final y reconocimiento de quien obtuviese la victoria.

Como era el último día del campeonato, previo a la retirada de los visitantes, el capitán Bruce asignó a toda la guardia, incluido él mismo, como último recurso para dar con el paradero del investigador desaparecido. Salieron al alba para tener mayores posibilidades de éxito y solo quedaron al interior de los muros dos guardias vigilantes que respaldaban al monarca.

- "Sean testigos de la recta final y lo más esperado. Hoy culmina el glorioso campeonato de macrentone" –se escuchaba por los altoparlantes.

Por la mañana comenzó el primer partido entre los osos montañosos y los mapaches voladores. El duelo estuvo bastante peleado, pero los campeones vigentes no aflojaron y se hicieron respetar hasta el tercer tiempo donde obtuvieron la victoria.

Sam nuevamente trató de buscar a Francis sin buenos resultados. Solo esperaba que nada malo le ocurriera y al menos quería tener la oportunidad de despedirse. No entendía bien la situación ni el por qué Francis se había alejado. Sí tenía la duda si se habría alejado por sí mismo o lo habrían alejado. Si era el segundo caso, al menos quisiera saber cómo podría ayudarlo.

Al medio día dio inicio el encuentro entre los guerreros del valle y las caracolas. El partido se vio interrumpido debido a que por la intensidad del juego un anotador resultó herido y tuvieron que trasladarlo a la enfermería. Posteriormente prosiguieron con el duelo y luego de algunas jugadas puntuales las caracolas resultaron ganadores.

En el receso, previo a determinar el tercer y cuarto lugar, el monarca Kharén se dirigió al pueblo dando unas palabras reconfortantes y de agradecimiento por la labor realizada a lo largo del año por todas las secciones de trabajo que día a día permiten el funcionamiento de la Ciudadela y también recordó que los visitantes se retirarían a la mañana siguiente, a quienes agradecía también por la alianza que habían formado.

Acto seguido, en esta oportunidad se enfrentarían los guerreros del valle contra los mapaches voladores. Fue un juego bastante intenso, pero se notaba el desgaste en ambos equipos. De todas maneras, lograron dar un buen espectáculo y los guerreros del valle se impusieron treinta y dos a veintiséis.

Ya faltaba poco para el duelo más esperado, aquel que deslumbraba en importancia y donde se dejaría todo en la cancha. La gran final esperaba y los jugadores estaban ansiosos y con hambre de victoria.

Tras bambalinas, se orquestaba la preparación de los juegos de pirotecnia y la celebración del galardonado vencedor del pueblo, que representaba las esperanzas de los cuatrocientos veintiocho ciudadanos que veían en la semana de macrentone una oportunidad de liberación.

Comenzado el encuentro final, todas las miradas se centraban en la cancha y en las catorce almas que daban la vida en cada jugada. Roces, empujones, duelos individuales y anotaciones en ambos aros maravillaban las tribunas, que ofrecían apoyo a los apasionados jugadores.

Como se había hecho costumbre, Sam, Rebeca, Leyla y Adam compartían asientos y daban ánimo a las caracolas con el último suspiro que les quedaba, esperando por supuesto, celebrar aquel anhelado triunfo.

El primer tiempo resultó en un empate y el segundo tiempo mantenía el resultado. El balón estaba esquivo y por más bastonazos que intentaban ambos equipos no podían hacerse daño. En una ocasión, la bola dio en el borde del aro y salió disparada a la tribuna. Finalmente, el segundo tiempo terminó y todo se decidiría en el tercer tiempo final.

Algunos niños y niñas ingresaron a jugar al mismo tiempo que los adultos estiraban las piernas y conseguían algo para engullirse. Marlok y sus hombres permanecieron en sus asientos al igual que el monarca y sus asesores.

Al momento de hacer el llamado para reanudar el juego, rápidamente los niños salieron del campo y en ese preciso instante los investigadores se abalanzaron al interior de la cancha distribuidos de tal manera que cubrieron por completo todas las gradas. Los fanáticos pensaban que era parte del entretiempo y aplaudieron hasta que, sin previo aviso, sacaron de entre sus prendas armas y proyectiles con los que apuntaron a los asistentes.

Sam pudo divisar que al lado de su padre se posicionaron hombres con armas. Los dos vigilantes trataron de interponerse y ambos recibieron un disparo en la cabeza. Sam trató de pararse y escuchó a un hombre decir: será mejor que no se mueva princesa, manténgase sentada. Al mirar de reojo se percató que había dos hombres atrás de ella y que también estaban armados.

El público al oír los tiros, quedaron horrorizados y no podían creer semejante atrocidad que estaban cometiendo los investigadores que habían acogido con tanto cariño. Algunos comenzaron a gritar y otros se levantaron de sus asientos para alejarse del peligro, pero oyeron un disparo ensordecedor y todos quedaron paralizados.

Marlok, desde el centro de la cancha, les advirtió que no se movieran o las consecuencias serían desastrosas. Simplemente debían mantenerse sentados y nadie más resultaría muerto, pues no pretendía más represiones.

- ¿Qué es lo que está pasando aquí? –preguntó el monarca.

-Lo que está pasando es que te has vuelto viejo y jamás supiste liderar este paraíso.

- ¿Cómo se te puede ocurrir atentar contra nosotros? ¿Te has vuelto loco? Los hemos recibido como hermanos, con los brazos abiertos. ¡Como puede ser posible!

-Ese es justamente tu problema Kharén. Pecas de ingenuidad y eres débil. En cambio, yo soy un visionario que pretende engrandecer este lugar.

- ¿Y qué pretendes? ¿Aterrorizarnos para hacernos tus esclavos? ¿Que seamos tus leales sirvientes?

-Tú tienes sirvientes y no te pareció nada de malo, es más, no te preocupaste por el bienestar de ellos y tampoco por el de tu propio pueblo.

Sam veía la situación, pero nada podía hacer para ayudar a su padre, a quien le apuntaban con un arma en la nuca.

- ¿Por qué simplemente no se van como lo habían planeado? ¿Qué dirán tus superiores de esto? –preguntó el monarca.

- ¿Superiores? ¡Jamás existieron! –reía Marlok.

-Entonces, ¿Qué es lo que quieren de nosotros?

- ¡Te diré lo que quiero! ¡A todos les diré!

- ¡Ciudadanos todos! Les pido que abran sus ojos para que puedan darse cuenta de los engaños y mentiras en las cuales han vivido a lo largo de sus vidas. El miedo interpuesto por el monarca y sus antecesores los limita a actuar con libertad y solo los ve como un medio de trabajo para empoderarse y enriquecerse sin importar las penumbras que deban pasar.

-Viven encerrados tras estos muros, con miedo a lo desconocido. Les ofrezco ampliarnos, extendernos y hacer lo desconocido, conocido.

- ¡Todo eso es falso! –reclamó el monarca.

-Mientras a ustedes se les raciona el alimento el monarca goza de una despensa personal. Mientras ustedes visten harapos, el monarca posee un guardarropa lleno de vestidos de seda. Cuando ustedes trabajan él está descansando en su trono.

-Amigos míos, si realmente ustedes fueran importantes para él, tendrían mejores condiciones de vida, hablo de casas para cada familia, alternación y horas reguladas de trabajo, provisiones personales, entre tantas otras asignaciones.

-Si me eligen como gobernante les aseguro que ya no serán considerados como esclavos, la opresión será abolida y por fin serán libres. Juntos y con la ayuda de nuestra tecnología avanzaremos a pasos agigantados hacia un futuro mejor.

-Y a ti te digo Kharén: Renuncia a tu reinado y otórgame las llaves de tu Ciudadela, además nómbrame Rey Supremo y te perdonaré la vida ¿Qué me dices?

- ¡Jamás! Nunca te nombraré rey y mi pueblo no te rendirá homenajes.

-Debía ser cortes y pedirlo por las buenas —dijo Marlok.

-Olvidaba mencionar que en mi mano tengo un detonador que activa una bomba ubicada en la sala de calderas. ¿Te imaginas una explosión intensificada por la presión acumulada de las calderas?

-Pero ¿Cómo eres capaz de tanto?, eso destruiría nuestro hogar.

-Así podríamos renacer y dejar el pasado atrás. Sería espléndido un nuevo comienzo, ¡Trabajando todos juntos!

-Y, por si fuera poco, las armas de nuestra nave están apuntando hacia nuestra ubicación, solo debo dar la orden a mi hombre de confianza y nos convertiremos en cenizas.

¿Será Francis quien permanece en la nave a la espera de la confirmación de su padre? Al parecer es el único que falta. Es por eso que no lo podía encontrar. ¿Cómo pudo hacernos esto? —pensaba Sam.

-Considerando lo anterior, te recomiendo que accedas a mi petición y terminemos con esto —insistió Marlok.

- ¡Por supuesto que no! Eres un villano cruel y arrogante que no merece el apoyo del pueblo.

-Mírame como un villano, pero la historia me vera como un libertador.

- ¡Tráiganme a la princesa! –ordenó.

Uno de los sujetos tomó a Sam por la fuerza. Adam trató de intervenir, pero lo aturdieron de un golpe en la cabeza y nada pudo hacer. La llevaron hasta el centro del campo y la arrodillaron bruscamente, ante Marlok.

- ¡Última oportunidad! Entrégate ante nosotros y hazme rey o tendrás que ver los sesos esparcidos de tu hija, justo ahora.

-Padre, ¡No lo hagas! –gritó la princesa.

El monarca permanecía en silencio esperando quizás la llegada de la guardia, pero como estaban desarmados nada podrían hacer y resultarían asesinados sin piedad. Al mismo tiempo, escuchaba los rezos de un par de monjes y veía los rostros aterrorizados de sus asesores.

La princesa en cambio, asustada, pero dispuesta a morir firme a sus ideales con tal de mantener la paz y no ceder a la crueldad que Marlok disfrazaba como un futuro exitoso.

La multitud, que momentos antes se comía las uñas esperando el desenlace del tercer tiempo, ahora vivía minutos eternos de tensión. Si luchaban por proteger al monarca resultarían muertos y si los visitantes detonaban la bomba sería el fin para todos.

Marcus se levantó de su asiento, enfurecido, pero fue detenido por Will, quien le aconsejó que no era el momento de actuar, pues sentía que estaban en desventaja y debían esperar el momento preciso.

-Se te acabó el tiempo anciano –dijo Marlok, agarrando a Sam por el cabello. Sacó una navaja y la puso sobre su cuello para dar un movimiento rápido y estuvo a punto cuando…

- ¡Alto! ¡Está bien!, accederé a tus demandas, pero deja ir a mi hija –rogó el monarca.

-Tuviste suerte hoy princesa –dijo Rench.

Justo en ese momento apareció la guardia completa y al ver las armas se alertaron. Hans trató de reducir a un enemigo y le dieron muerte al instante y terminó en el piso. Los demás guardias se preparaban para atacar y fueron detenidos por el monarca.

- ¡Alto ahí! ¡no interfieran! No quiero más bajas en esta revuelta.

El monarca Kharén bajó de su sitial en medio de la grada y se dirigió lentamente hasta Marlok.

- ¡Nadie más morirá hoy! –dijo.

-Querido pueblo, desde hoy no responderé más como su monarca y dejo por completo mis funciones. De hoy en adelante diríjanse a Marlok como su nuevo rey.

Acto seguido se sacó su corona y se la puso al nuevo manda más. Cogió del brazo a Sam y se fue a posicionar entre los guardias.

- ¡Ven Sam! ¡quédate atrás mío! Estarás a salvo –dijo el capitán Bruce.

-Como verán, soy su nuevo rey y cada uno de ustedes responderá ante mí. Se darán cuenta que la transición será pacífica y juntos lograremos cosas beneficiosas para todos. ¡Haremos de esta Ciudadela un paraíso terrenal!

- ¡Que viva el rey supremo! –gritó Rench alzando sus manos.

- ¡Que viva! –respondió el pueblo.

Capítulo VIII

Prisioneros

Día tras día, pasaban las horas, lentamente, por cierto. Cada jornada parecía como si fuera de cincuenta y dos horas. Eterna espera desgarradora que inunda de miedo e inseguridad mi corazón.

Me destroza pensar en mi agonía y la de mi padre. ¿Cómo fuimos tan ingenuos y desprolijos en nuestro actuar? Si tan solo hubiese encajado las piezas del rompecabezas, el panorama sería muy distinto a como lo estamos viviendo ahora.

Me siento tan culpable por guardar silencio, por ocultarle a mi padre la verdad de mis descubrimientos. Que tonta he sido en creer que todo saldría bien. Me siento tan mal y mis lágrimas solo me hacen ver desvalida.

Estamos perdidos, inmersos en la zona oscura, alejados, castigados y quien sabe, quizás muertos. Solo será cosa de tiempo enterarse. De momento, no quiero morir, pero tampoco me gustaría permanecer aquí toda mi vida ¡Que dilema más nefasto!

Según mis cálculos llevamos cinco días encerrados. Aislados de todo lo que conocíamos. Solo espero que nuestros amigos se encuentren bien, al igual que los ciudadanos. ¿Y qué será de Niko? Deseo que también se encuentre bien y espero de todo corazón que estos bárbaros no se lo hayan comido.

- ¡Ya déjate de lamentos Samantha! No pienses en tantas cosas, debemos mantener la calma y guardar nuestras fuerzas.

-Pero padre, ¡Todo esto es por mi culpa! –dijo entre llantos.

- ¿Por qué lo dices? ¡Nada es tu culpa!

-Encontré a Hákon papá, estaba muerto y no dije nada. Quizás si la guardia no lo hubiese salido a buscar, nos habríamos defendido de mejor manera. Por otra parte, Rench insinuaba cosas acerca de lo solo que estarías. Marcus mencionó un desperfecto poco habitual el día que fueron visitados por Marlok y quizás en ese momento instalaron la bomba y Bruce, él actuaba muy sospechoso también.

-Sam, si todo lo que dices es cierto, entonces estuvieron orquestando este ataque desde el inicio ¡Fuimos simples peones en su macabra estrategia!

-Lo de Bruce me inquieta bastante. ¿Tienes pruebas de ello?

-Mi amiga Rebeca me contó que estaba muy extraño y en una ocasión lo descubrió discutiendo con Rench.

-Si es así, entonces no sería coincidencia que la guardia no estuviera presente en el lapsus de la rebelión y llegaran al último de la confrontación. Pero estar dispuesto a perder buenos hombres me parece insólito. Quizás eso explicaría por qué Bruce no nos ha venido a ver.

-Pero insisto Sam, no tienes la culpa de nada. Solo debemos estar unidos hija mía. Te prometo que no dejaré que te hagan daño.

-Mi señor ¿Qué haremos ahora? –preguntó Arkey.

- ¿No me escuchaste antes? Ya no soy tu señor y no hay nada en este momento que pueda hacer.

Roca y acero, celda impenetrable que hace enloquecer hasta al más cuerdo. La luz escasea y la falta de alimentación te deja débil, vulnerable. La poca ventilación, sumada a la humedad, causa una sensación de desgaste tremenda, que pone en duda la continuidad de la vida.

Las cosas al exterior del calabozo habían cambiado un poco. La primera orden del rey supremo fue dar de baja a la guardia y reemplazarlos por sus hombres, pues necesitaba gente de confianza para controlar a los ciudadanos.

Era común ver pasar a los nuevos guardias armados y si alguien los interrumpía o increpaba debían castigarlos en el momento. Rench era especialista en dar latigazos y amedrentar en la vía pública a cualquiera que se opusiera a sus términos.

El temor de los ciudadanos era evidente, pero solo debían acatar si no querían sufrir las consecuencias. Ser desterrado o peor aún, asesinado era una de las posibilidades a las que se podían exponer.

Una de las nuevas reglas incorporadas fue anunciar el toque de queda y, de esta manera, dejar con restricciones de movilidad a la población en horas de la noche, lo que significaba limitar parte de las libertades de la población.

El clandestino resultó ser beneficiado con algunos alzamientos, puesto que podía funcionar en su máxima plenitud. Incluso tenían permitido darles alcohol a los jóvenes. Había desafortunados que pasaban días enteros en cantinas y bares.

El centro de oración fue clausurado, pues no existía la posibilidad de encomendarle rezos al ser celestial y claro, se debían redirigir al rey supremo, pues solo él tenía el poder absoluto. Los monjes, en malos términos, fueron reubicados a realizar trabajo pesado.

La guardia también fue reubicada y segregada a las distintas áreas. Por seguridad, debieron separarlos para evitar un posible levantamiento en contra del nuevo líder.

Las demás áreas siguieron trabajando de igual manera hasta el momento, pero todos sabían que prontamente deberían cambiar significativamente. Ahora estaban en manos de nuevos lineamientos y simplemente debían acatar.

Marlok, con poder y autoridad, se vanagloriaba a sí mismo y se sentía un ser todopoderoso. Incluso, de vez en cuando recibía personas que le juraban lealtad en su trono y lo hacían enaltecer aún más.

- ¡Glorioso rey supremo! Que tenga usted una larga vida.

-Que el ser celestial ilumine su andar –le decían.

Entre soledad y cadenas, lágrimas y angustia, Samantha se seguía lamentando y su sufrimiento perduraba, atenuándose sin consuelo alguno. La amargura en su sentir naufragaba cual barco sin alba hacia el indomable roquerío sin defensas, que esperaba a sus víctimas.

Su mayor lamento era pensar en su amorío con Francis, dado que para ella todo había sido tan real, que aun en estas instancias, le costaba creer tremenda artimaña planeada por el enemigo. Se sentía utilizada por el muchacho que la había embaucado utilizando sus habilidades de seducción y considerando además que se había sentido atraída hacia el en primera instancia por su belleza que inspiraba un alma sincera.

Sin más que un trozo de pan y algunos granos que reusaba comer, pues no aceptaba nada proveniente de los traidores visitantes, que habían visto en ella un vínculo para un fin. Sin baño ni comodidades, sin ducha ni lociones, era el hospedaje que esperaba y merecía, como cualquier criminal que hubiese cometido alguna atrocidad.

Solo un guardia de nombre Jacob era el encargado de vigilar los calabozos. Debía estar pendiente y atento a cualquier cosa que necesitaran los encarcelados, pues a pesar de las condiciones paupérrimas, estos debían mantenerse con vida. De vez en cuando era reemplazado y ocasionalmente había cambio de turno.

- ¿Ya me dejaran salir de aquí? ¿Hasta cuándo debo esperar? —decía golpeando la puerta con insistencia.

-Sé que están ahí, ya déjenme salir —seguía golpeando.

Nadie respondió ni acudió al llamado desesperado.

Rench y Marla paseaban libremente tomados de la mano. Ahora podían desplazarse sin disimulo a plena luz del día. Los ex visitantes parecían no incomodarse por la nueva pareja, pero para los controladores de la sala de calderas era mal visto que uno de ellos se relacionara con el enemigo.

Aunque, cabe mencionar, había varios ciudadanos que estaban a favor del nuevo régimen y aceptaban todas las ordenanzas que se iban presentando. Estaban los más extremistas, las almas perdidas del clandestino, los que sentían que no encajaban, y algunos que creían que merecían una mejor vida.

- ¡Tienen visitas! —dijo el carcelero.

-Hola viejo decrepito. Te ves realmente mal —dijo Marlok.

Kharén miró hacia otro lado.

-No seas mal educado, te estoy saludando —ironizaba.

-Respóndete a ti mismo rey, si tienes lo que mereces –mencionó Kharén.

- ¿Si tengo lo que merezco? ¿Qué crees tú? Quien esta desdichado aquí eres tú y yo, en cambio, gozo de mis privilegios y soy el nuevo rey.

-Gozas de los privilegios que antes criticaste. En un maravilloso rey te has convertido –dijo sarcásticamente.

-Di lo que quieras viejo infame, pero esta es tu perdición y en poco tiempo ya nadie te recordará.

-Puedes acallar sus voces, pero jamás silenciaras sus almas.

Marlok indignado acomodó su abrigo y se retiró.

- ¡Déjanos salir de aquí! –gritaba Sam.

La siguiente orden del rey supremo fue prohibir hablar acerca del retirado monarca, pues quien fuera sorprendido sería brutalmente castigado. Debía borrar toda existencia de tal nefasto gobernador y mandó a quemar todos los registros que habían preparado los monjes a su imagen. Según la apreciación del nuevo rey, solo era digno de merecer el olvido.

-Debemos ver cómo escapamos de aquí, padre.

-No pienses en eso Sam.

-Debemos salir padre, ¿Qué te ocurre?

-En cuanto pongamos un pie fuera de aquí nos matarán, eso es seguro.

-Pero algo debemos intentar, no podemos esperar a morir de alguna enfermedad.

-Si no quieres morir, comienza por comer. ¡Necesitas estar fuerte!

-Y tú necesitas mantener las esperanzas. ¿Dónde está el hombre sabio que anhelaba un mundo mejor? ¿Crees que ese es el panorama que Marlok quiere? Acaso piensas que, ¿En serio planea un mejor hogar para todos? ¿Dejarás que un extraño derrumbe tus sueños?

-No hay nada que podamos hacer Sam, ¡Solo resígnate!

-Y ustedes chupasangres ¿Qué dicen? —dijo Sam dirigiéndose a los demás prisioneros.

-Debemos implorarle piedad al nuevo rey —dijo Arkey.

- ¡Si claro! ¡Eso debemos hacer! —dijeron Ciro y Farid.

- ¿Enserio? No esperaba menos de ustedes —se molestó.

Días más tarde, en un acto inesperado, apareció Adam en el ingreso de los calabozos y se presentó con el carcelero. Le anunció que lo habían enviado con insumos médicos para revisar a los "huéspedes". Lo hacía acompañado de un guardia, quien lo esperaba en la entrada.

-Ya déjalo entrar, no tengo todo el día —dijo el guardia dirigiéndose a Jacob.

Adam al divisar a Sam aceleró el paso para que le abrieran la celda. Entró rápidamente y sujetó a Sam entre sus brazos.

-Sam, ¡Aquí estoy! —acariciaba su cara helada y sucia.

-Sam, soy yo, Adam —le decía.

Sam balbuccante y en una condición deplorable pedía agua. Estaba semi consciente y trataba de encontrar la mano de Adam, quien mojó un paño y se lo pasó por los labios. Tranquila Sam, ya estás en buenas manos, le susurraba. Aprovechó la ocasión para limpiarle la cara, el cuello y las manos. También le dio algunas vitaminas y aminoácidos.

Samantha, prácticamente en un trance, alejada de la realidad, debilitada, desnutrida y casi sin fuerzas, era como un espantapájaros de trapo que no podía mantenerse en pie. Divagaba y decía incoherencias, seguramente sacaba a la luz imágenes de sueños, o pesadillas en este caso, del infierno que estaba pasando, sobrellevando el peso de todos los errores y que, injustamente estaba pagando.

Más tarde, Adam tuvo que repetir el proceso con Kharén y los ex asesores, debido a que también se encontraban en malas condiciones de salud y no podían seguir esperando ayuda.

- ¡Guardia!, ¡Carcelero! –gritó Adam.

Se acercaron ambos.

-Como se podrán dar cuenta, estas personas no están muy bien y tendré que venir a diario para cerciorarme de la correcta evolución. ¡No pueden seguir en estas condiciones!

- ¡Cuidado con tu tono, mocoso! –advirtió Jacobo.

- ¡Solo déjame hacer mi trabajo! –le dijo al carcelero.

-No te quiero tener todos los días aquí, pero te dejaré entrar día por medio.

Ese acuerdo fue más que suficiente para el joven enfermero y sin dudarlo aceptó agradecidamente.

Mientras tanto, en las afueras del muro, el rey supremo ordenó cortar unos árboles, así que montaron un aserradero improvisado para trabajar la madera y, de esta manera, comenzar con la construcción de casas que el mandamás había prometido. Con esto, se había formado una nueva sección de trabajadores forestales, que sin previa dedicación ni experiencia las hacían de taladores autodidactas.

Así mismo, se dedicaron también a desarmar las gradas para reutilizarlas en la construcción. Otra comisión en tanto, se dedicaba a ensamblar y darle forma a las viviendas que ocuparía cada familia que lo requiriera. Se podía divisar los comienzos de la expansión e intentos de casas, por ahora, que pretendían construirse. De todas maneras, los cimientos ya eran notorios en los alrededores.

- ¿Ahora si me dejaran salir? —seguía en lamento implorando libertad.

-Padre, ¡No me abandones! —decía perdiendo las esperanzas y arrodillándose para golpear el piso.

Nadie acudió.

En el patio, iban dos mujeres caminando por la feria, mirando los productos que se ofrecían y hablando acerca de las cosas que necesitaban adquirir. No había mucha gente en la zona, pero las dos muchachas causaron atención en uno de los guardias, quien se acercó a ellas de manera grotesca y perturbadora.

-Hola jovencitas ¿Les ayudo con las compras?

-No se preocupe señor, ¡Estamos bien así! —dijeron ambas.

-A mí me parece que necesitan ayuda —insistió, y a la más pequeña le levantó el vestido.

- ¡Ya déjala en paz! —dijo la otra, dándole un empujón.

El guardia enojado, le dio un golpe en el rostro y la botó al suelo. A la joven se le cayó la bolsa con frijoles que portaba y estos se esparcieron en el piso. Quedó tendida tocándose la nariz, que sangraba impulsivamente. El "protector" del nuevo régimen se lanzó nuevamente al ataque de la joven, esta vez para toquetearla, pero llegó Marcus y de un solo golpe lo mandó a volar.

-Váyanse de aquí, ¡Rápido! —la muchacha ayudó a su amiga a pararse y se alejaron del lugar.

El guardia se paró y desenfundó su arma. Cuando dirigió la puntería hacia Marcus, este lo tomó de la muñeca con tal fuerza que logró doblársela y arrebatarle la pistola. Con la otra mano el guardia sacó un cuchillo de entre su bota e intentó clavárselo en el cuello. Atento a esta acción el fornido hombre de la caldera se cubrió con su brazo, donde fue que el arma blanca quedó incrustada. Al momento de hacer su brazo hacia atrás para alejar el puñal del agresor, aprovechó el impulso y le dio otro golpe que, esta vez lo dejó noqueado.

La poca gente que había en las cercanías miraba con atención, pues sentían el desahogo de Marcus, pero al mismo tiempo temían actuar ante los hombres del rey.

Al mismo tiempo que el guardia caía desmayado aparecía en escena Rench, con hambre de castigo. Se abalanzó corriendo y dio un brinco en el aire conectando una patada en pleno pecho que hizo retroceder a Marcus dos pasos. Ya repuesto cogió al cabeza rapada del cuello y lo levantó con una sola mano.

- ¡Lo va a matar! —decían los curiosos.

- ¡Ya déjalo Marcus! ¡No vale la pena! —se escuchaba.

Rench trataba de zafarse con ambas manos, se meneaba y sus pies se movían, pero le era imposible soltarse.

- ¡Malditos invasores! —decía Marcus. Les abrimos nuestras puertas, los recibimos como reyes, los alimentamos, nos conquistan y como si eso fuera poco ahora nos quieren robar a nuestras mujeres ¡Merecen la muerte!

De pronto, Marla se encaramó en la espalda de Marcus y le mordió la oreja. El fornido hombre soltó a Rench, quien cayó al suelo y trataba de recuperar oxígeno. Marcus en tanto, se tocaba la oreja y le recriminaba a su colega.

- ¿Por qué estas de su lado? ¿Por qué los apoyas? ¿No te das cuenta de lo que nos hacen?

- ¡Quiero un cambio Marcus! —decía Marla, mientras intentaba auxiliar a su novio.

- ¡Pero esta no es la manera! —respondió el gigantón.

En eso, llegaron cuatro guardias corriendo y tomaron detenido al corpulento "alborotador".

Rench, un poco más repuesto le señaló que más tarde se divertiría con él.

En tanto, en la nave de los invasores, precisamente en el cuarto que tenía bloqueo, se encontraba retenido un particular "huésped" que sentía que estaba en el lugar incorrecto, pues anhelaba deshacer sus cadenas y liberarse de la reclusión a la cual había sido sometido.

-Por favor, ya déjenme salir —gritaba. ¡No aguanto más estar aquí!

-Sé que estás ahí ¡Libérame! —se escucharon unos pasos.

De pronto, el sonido de los pasos se oía cada vez más cerca. Se logró percibir el ¡bip! del código desactivador y la puerta se abrió lentamente. Del otro lado una luz atravesó por la puerta y enseguida apareció Marlok.

- ¿Por qué tanto alboroto, Francis? —le recriminó.

- ¿Alboroto dices? Me secuestraste ¡Maldición!

- ¿Qué quieres que te diga?, tuve que intervenir cuando comenzaste a desviarte del plan. Y todo por culpa de esa chiquilla, pero no te preocupes, que ya no intervendrá en nuestros asuntos.

- ¡Espero que no le hayas hecho nada malo o ya verás!

- ¿Te atreves a amenazarme?, ¿a mí?, ¿tu propio padre?

- ¿Sam está bien? –preguntó desesperado.

- ¡Está bien, donde se merece! Y espero por tu bien que ahora seas leal a nuestra causa o te quedarás encerrado el resto de tu vida. Esa es la condición para dejarte salir.

- ¡Pues saldré de todos modos! –trató de evadir a Marlok para escapar, pero fue embestido contra el suelo.

- ¡Aquí te quedarás! –dijo Marlok y cerró la puerta.

Por otra parte, en los calabozos, Adam cumplió con su compromiso de visitar y atender a los desamparados prisioneros, llevándole mantas para reconfortarlos y mantenerlos aislados de las frías noches en el suelo de piedras. Además, gracias a las vitaminas y suplementos, aquellos pobres desvalidos habían recuperado algo de fuerza para mantenerse en pie.

Sam, ya un poco más consciente, podía dimensionar la situación que estaba viviendo. Ya era capaz de distinguir entre un sueño, una alucinación y la cruel realidad. Para ella, escaseaban sus ilusiones y había perdido la esperanza incluso de luchar, o al menos, intentarlo. Todo estaba perdido.

Más tarde, todos los prisioneros vieron cómo, entre dos guardias, traían a rastras a Marcus, quien se veía bastante golpeado y malherido. Despeinado, ensangrentado y con moretones que a todas luces hacía pensar que no lo había pasado muy bien.

-Traemos un nuevo invitado, ¡Trátelo bien! –le dijeron al carcelero entre risas.

Lo depositaron en una celda y el grandulón quedó recostado sin poder pararse y ahí permaneció, tendido entre polvo y silencio.

-Pero, ¿Qué han hecho? –reclamó Samantha.

-Llamen a Adam para que lo atienda. ¡Necesita ayuda!

-Si para mañana sigue vivo, la tendrá –sentenció Jacob.

Capítulo IX

Desacuerdos

Caminando entre la hierba, a pasos débiles, se observan destellos de luz y sombras provenientes del choque entre los rayos del sol y las ramas, que asemejaban un tejido entrelazado, cual telas de arañas posicionadas para cazar.

Sigue por el sendero avanzando paso a paso y generando confianza al andar. Aunque en su interior hay esperanzas, siente angustia y temor de lo que pueda suceder, pero se hace el fuerte y despeja su mente para seguir avanzando con calma.

De aspecto desaliñado, barbudo, cara sucia y zapatos rotos, se presentó en las puertas de aquellos muros conquistados recientemente, pidiendo humildemente una entrevista con el rey.

- ¿Quién eres tú y que haces aquí? –preguntó el vigía.

-Mi señor, no soy más que un simple campesino olvidado.

-No te reconozco ¡Vete de aquí! –apuntó en dirección al bosque.

-Mi nombre es Jack y solo pido una oportunidad para hablar con el rey, luego de eso pueden hacer conmigo lo que quieran. No estoy armado señor y créame que no represento ninguna amenaza –se arrodilló y abrió los brazos.

- ¡Abran las puertas! –gritó el vigilante.

Adam siguió atendiendo a los prisioneros, especialmente a Marcus, quien estaba bastante herido. Afortunadamente se estaba recuperando poco a poco de su agonía que casi le costó la vida. Por ahora, simplemente descansaba para sanar de sus costillas rotas.

La paliza fue brutal y pública ante toda la comunidad. Lo hincaron y amarraron de ambos brazos y lo exhibieron como trofeo por algunas horas. Rench, al momento de golpearlo no olvidaba el encuentro que habían tenido y más fuerzas tenía para castigar al rebelde y, de esta manera, dejaba claro el mensaje hacia los espectadores. Nadie debía osar enfrentarse ante el nuevo régimen del rey supremo. Golpes de puño, latigazos y garrotazos era la brutal advertencia.

-Espero que sane pronto –decía Sam.

-Como enfermero, hago lo mejor que puedo.

- ¿Has sabido algo de Lou? –preguntó Sam.

-No te preocupes. Está bien. Fue promovida con los ganaderos.

-Todo esto es mi culpa –suspiró, miró hacia un costado y se lamentó.

-No es mi intención decir te lo dije, pero ¡Te lo dije! Tu novio no era de confiar.

- ¡Ni que me digas! –sus ojos se humedecieron.

Hubo un silencio.

-Ya se acabó la visita ¡Fuera de aquí! –gruñó el guardia.

Siguiendo con la adaptación a las nuevas normas, se dictaminó cambiar las doctrinas impartidas en la escuela, dado que el nuevo régimen del rey supremo no necesitaba niños capaces de pensar por sí mismos y, por el contrario, necesitaba fundar un ejército para la expansión.

Es por esto que necesitaba formar soldados desde niños, que supieran pelear, que fueran fieles a Marlok y que no tuvieran cuestionamiento alguno. Para comenzar el proyecto de futuros soldados, entraron guardias sin previo aviso a la sala de clases y empezaron por raparles la cabeza a los niños y niñas.

Rebeca, tratando de oponerse a tal macabro acontecimiento intentó frenar el paso de los guardias, pero nada pudo hacer ante la fuerza de los invasores, quienes la sujetaron y lamentablemente, tuvo que mirar cómo intervenían a sus inocentes estudiantes.

Entre llantos y lágrimas, daba inicio el proceso para entrenar y convertir niños en soldados, quitándoles su inocencia, sueños y esperanzas.

Francis, por su parte, aun se encontraba detenido y seguía exigiendo su liberación. Sabía que Sam necesitaba ayuda, pero en esas condiciones era imposible llegar a ella. Tampoco era capaz de vencer a su padre, pero algo debía hacer. No podía quedarse de brazos cruzados y la impotencia de no poder escapar lo carcomía.

No paraba de pensar en posibles escenarios adversos a los que podía estar expuesta Sam y tampoco le entregaban información que le sirviera, debido a que únicamente le llevaban comida una vez al día y solo se remitían a entregarle el plato, sin abundar en detalles.

Rench y Marla en tanto, enloquecidos de poder comenzaron a deleitarse con los placeres de sus nuevas vidas. Se daban los lujos que podían, dentro de lo posible, y holgazanean la mayor parte del tiempo. Tenían comida, bebida y algunos súbditos que se enlistaron al régimen dispuestos a complacer y servir a los cercanos del rey.

Entre halagos y adulaciones creció la ambición de hacer algo más grande, más importante e imponente.

-Te admiro y lo sabes bebé –dijo Marla. Pero no te conformes con tan poco. Eres respetado y posees una inteligencia sin igual. Dime, ¿Por qué conformarse con tan poco?

- ¿A qué te refieres? –preguntó Rench.

-Tienes migajas cuando podrías tenerlo todo ¿Acaso no te das cuenta?

-Te tengo a ti y no pienso que seas una migaja –se cuestionó.

-Será mejor que pienses en grande –abrió sus brazos.

- ¡Ten cuidado con lo que insinúas, mujer!

-Pensé que un hombre como tú no tendría miedo.

- ¿De qué hablas? ¡Yo no tengo miedo! –se levantó y mantuvo firme.

-Y si no tienes miedo entonces ¿Qué te impediría tomar el puesto de Marlok? ¿No te gustaría ver a tu mujer convertirse en reina? Piensa en lo feliz que nos haría eso.

La semilla que plantó Marla en la cabeza de Rench lo dejó bastante pensativo. En ningún momento buscaba ser desleal a Marlok y tampoco era su intención derrocarlo ni mucho menos, pues llevaban años compartiendo los mismos ideales y jamás actuaría en contra de su mentor. Para ser sincero consigo mismo, se sentía pleno en ese momento y no deseaba nada más.

A medida que iban pasando los días, el clima poco a poco se fue tornando cada vez más helado, dando aviso de una brutal e incipiente temporada de frio que se avecinaba. Comenzaron las heladas en la noche, que no se detenían, y en ocasiones recibían mañanas escarchadas y punzantes.

El trabajo a la intemperie se volvía espeluznante y hacía necesario encender pequeñas fogatas en los campos, para disimular de alguna manera el desconsolador porvenir que se aproximaba a pasos agigantados.

Las secciones, después de algunos ajustes del nuevo régimen, seguían con sus labores cotidianas. Si antes debían hacerlo por convicción y obligación, ahora, por miedo a una feroz represalia que podía abarcar incluso a sus familias. La voz del pueblo estaba acallada, aunque la mayoría no estaba de acuerdo con el totalitarismo del rey supremo.

- ¡Ya sáquenme de aquí! –gritaba desesperado Francis. No aguanto más este martirio.

- ¡Hasta que no acates mis órdenes seguirás encerrado! –sentenció Marlok.

- ¡Sácame de aquí, me portaré bien! –suplicó.

- ¿Es verdad lo que dices?, ¿serás un buen muchacho?

- ¡Sí señor, lo prometo!

- ¿Seguirás mi voluntad sin cuestionar?

- ¡Si padre! –aseguró Francis.

Marlok después de todo, decidió finalmente liberar a su hijo.

Un canasto tejido se mecía bajo el brazo de Rebeca. En su interior portaba variadas frutas apetitosas, ricas en energía y dulzor. Se desplazó sigilosamente, escondiéndose a la vista de los guardias. Llevaba un velo en la cabeza que le cubría la mitad del rostro. Se hizo paso y sin que nadie la descubriera logró adentrarse hasta los calabozos.

- ¡Quédate ahí y no te muevas! –advirtió el guardia.

-Buenas tardes mi buen señor –dio dos pasos más.

- ¡Quédate ahí te dije! –volvió a señalar con un tono más severo.

-No tiene de que preocuparse. Solo vengo a dejar algunas provisiones –mostró el canasto.

-No necesitamos nada ¡Vete! –dijo agresivamente.

-Señor, solo son algunas frutas para los prisioneros y para usted si le apetece también –le ofreció.

El guardia se acercó y de un solo manotazo tiró al piso el canasto y las frutas salieron rodando desde su interior.

- ¡Ya vete de aquí y no vuelvas!

-Samantha ¿Estás ahí? –gritó Rebeca.

-Rebeca estoy bien –se escuchó a lo lejos.

- ¡Se fuerte Sam! ¡No te rindas! –dio ánimos.

-Rebeca, cuida a los niños. ¡No los dejes solos! –pedía angustiada Sam.

A pesar de las buenas intenciones de la maestra, el guardia Jacob la sujetó fuertemente de ambos brazos y comenzó a empujarla hacia la salida. Mientras forcejeaban, Rebeca seguía gritándole a su amiga que se mantuviera en pie. El guardia siguió empujándola hasta que la sacó botándola hacia afuera.

- ¡Si te vuelvo a ver por aquí serás encarcelada! –sentenció.

La imagen de Rebeca en el piso, lamentándose por las injusticias que estaban pasando, emocionaban profundamente. Pensar en las condiciones precarias de Sam y en la muerte de Susy le resultaba sumamente difícil.

De la nada reunió fuerzas, se levantó y empuñó sus manos. Sus mejillas húmedas eran testigo del sufrimiento que sentía en su corazón. Alzó su mirada y se echó a correr sin destino conocido. Corrió sin detenerse y sin descanso hasta que llegó al patio y vio a Bruce. En ese instante su cabeza comenzó a entrelazar recuerdos y conjeturas sagaces.

Bruce se encontraba cortando madera, se veía cansado. Estaba ordenando unos listones, cuando de pronto escuchó que Rebeca se acercaba.

- ¡Dime la verdad! —encaró la maestra.

-Rebeca ¿Qué ocurre? —estiró ambos brazos para detener la confrontación de la mujer.

- ¡Dime la verdad! ¡Necesito que me digas la verdad! —repetía.

- ¿De qué verdad hablas? No te entiendo.

-Tú sabías los verdaderos planes de Marlok ¿No es así? Fuimos engañados y caímos en una vil mentira, pero supiste sus intenciones todo este tiempo ¿No es verdad?

- ¿Cómo te atreves a decir eso de mí? Siempre fui leal al monarca ¡Por años!

-Al parecer no lo suficiente. Estoy segura que te aliaste con ellos desde un principio.

-No digas tonteras. ¿Qué te ocurre? ¡No estás bien! —trató de tomarle la mano.

- ¡Suéltame Bruce! Dime, ¿Qué te ofrecieron para traicionarnos?

- ¿Traicionarlos dices? —frunció las cejas.

-Este último tiempo estabas actuando muy raro. Una vez te seguí y te vi discutiendo con Rench y justo el día del atentado te llevaste a toda la guardia y dejaste la Ciudadela indefensa. No creo que todo sea una coincidencia. Dime que te ofrecieron para vender a tu pueblo –lo golpeó en el pecho.

- ¡Oportunidad! –dijo tembloroso. La oportunidad de una vida mejor para todos.

- ¡Maldito imbécil! ¿Ves ahora esa oportunidad acaso? Lo único que tenemos es crueldad y miedo. ¿Dejaste morir a tus hombres por la oportunidad de cortar madera? ¡Era tu deber protegernos! Nos vendiste y entregaste nuestras almas. ¡Eres un traidor!

Bruce sin más que decir guardó silencio absoluto. Por más que sus labios se abrieron y titubearon no fueron capaces de decir una sola palabra. Resignado y sin algo que refutar, bajó la mirada y quedó inmóvil. Rebeca en cambio, estaba indignada y dolida. Se retiró y dejó al hombre que amaba, solo.

Cuando se alejaba, Rebeca vio de reojo a Francis que venía caminando junto a Marlok. A simple vista no se veía nada bien y se notaba un poco desaseado, pero como fuera el caso, la maestra siguió su camino sin detenerse a entrar en cuestionamientos ni detalles.

- ¿Me puedes explicar que hace este traidor aquí? –preguntó Rench.

-No tengo por qué darte explicaciones –dijo Marlok.

-Se supone que debería seguir recluido. Era el acuerdo para no eliminarlo ¿Qué hace aquí?

- ¡Ya te dije que no tengo que darte explicaciones!

-Te preguntaré a ti entonces, maldito mal nacido –dirigiéndose a Francis ¡¿Qué haces aquí?!

- ¡Ten más respeto Rench! –advirtió Marlok. Te recuerdo que Francis sigue siendo tu superior.

-No tengo intenciones de respetar a esta basura andante –refunfuñó.

En cuanto Rench terminó esa oración, Francis le dio un puñetazo en pleno rostro que lo dejó callado. El calvo se sobó la cara un momento y se abalanzó sobre el muchacho, pero hábilmente Francis lo esquivó y le conectó dos golpes más que lo dejaron en el suelo. Cuando Rench iba a arremeter nuevamente Marlok intercedió.

- ¡Ya basta, es una orden!

-No necesito que me defiendas –dijo Francis. Puedo con esta escoria resentida.

- ¡Basta dije! No lo volveré a repetir. Necesito que sigamos trabajando de acuerdo al plan inicial y para eso los necesito a ambos.

- ¡No confío en este traidor! –confesó Rench.

-Pues tu trabajo será vigilarlo entonces.

Marlok se arregló el abrigo y se marchó.

-No te respetaré como mi superior y haré todo lo que este a mi alcance para demostrarlo. Pronto caerás y yo estaré ahí para enterrarte.

-Esta vez no me dejaré vencer tan fácilmente –dijo Francis, mientras se arreglaba el cabello.

- ¡Ya lo veremos! –escupió al piso, miró a Francis a los ojos y se fue.

Mientras tanto, en los calabozos, Adam seguía visitando a los reclusos. Sam, el deshabilitado monarca y sus ex asesores se encontraban en un estado aceptable, pero no era posible decir lo mismo de Marcus, quien aún se encontraba recuperándose y en ese momento era la prioridad del enfermero.

Las heridas del gigantón no sanaban rápidamente, pero avanzaban en buena dirección. Ya se encontraba más repuesto como para sostenerse en pie por sí solo, por pequeños periodos de tiempo, pues no había que apresurar su avance.

Siguiendo con la rutina, Adam debía revisar y cerciorarse de que todos los prisioneros se encontraran aptos, dentro de lo posible, y les hacia un chequeo rápido mientras el guardia se lo permitía.

-Abre la boca Sam —decía Adam. La tomó del mentón y miró en su interior.

-Ahora saca la lengua —se ve todo bien, decía.

Aunque sus latidos comenzaron a acelerarse —tragó saliva.

-Déjame revisar tus pupilas —se acerca aún más para ver con claridad.

Sus pulsaciones van cada vez más rápidas —sus manos comienzan a sudar.

-Bien, ahora cierra los ojos.

De rostro angelical y hermosa figura. Atracción eterna incontrolable. Destellos dorados, fugaces recuerdos, enaltecen el sueño de nunca acabar. Nerviosismo, incomprensión, desapercibido al andar. Era hace una vez un niño que fue creciendo con un secreto perspicaz. Montañas de sentimientos nublan la razón y el camino solo queda cruzar.

- ¡Aquí voy, me armo de valor! —pensó Adam.

Cerró los ojos al igual que Sam. Se humedeció los labios. Lentamente se acercó para besar a la chica de sus sueños. Estaba a centímetros de culminar su romántico intento, cuando fue interrumpido.

- ¿Qué haces Adam? ¿Me ibas a besar?

-Pues… sí.

-Pero ¿Qué te ocurre? somos amigos de niños.

-Y por eso mismo, de niño me gustas –aclaró Adam.

-Yo pensaba que te gustaba Lou, siempre los veía juntos y se me hacían una linda pareja.

-La verdad es que no, y siempre traté de consentirte en lo que fuera. Por lo mismo, siempre te decía que si a todo, no importaba lo que fuera.

-Pensándolo bien, ahora me hace sentido –reflexionó Sam.

-Ya dejando la plática de lado… ¿Podemos culminar nuestro beso?

-No Adam, ¡No te atrevas!, somos amigos y nuestra amistad es muy importante para mí. A parte, ahora no estoy en condiciones de un amorío y no pretendo que mi apreciación hacia ti cambie.

Adam se quedó con las ganas, pero no por eso desistiría.

Los días continuaban haciéndose más helados todavía. Las celdas, por momentos, daban la apariencia de un hábitat ártico, debido a su escasa calidez y a la falta de iluminación.

Samantha seguía confundida y sus convicciones decaían en la medida en que seguían pasando los días y no veía una pronta salida. No había una solución viable y los caminos a la libertad parecían estar cerrados.

Al menos, la angustia desaparecía al saber que estaba con su padre y Marcus presentaba mejoría de su complicada situación, pero aún permanecía en ella, el sentimiento de culpa acomplejada, en cierto modo, por su nula actuación en los lamentables hechos previos a la conquista de la Ciudadela.

Para sorpresa de Sam, Marlok y Francis se hicieron presentes en los calabozos. La muchacha quedó bastante impresionada, pues llevaba tiempo sin ver al hijo del nuevo rey.

- ¡Hasta que tuviste el valor de venir! –encaró a Francis. ¿A qué se debe tu presencia? ¿Viniste a vanagloriarte al igual que tu padre?

Francis no dijo ni una palabra.

- ¡Respóndeme imbécil traidor! No sé cómo tienes cara de venir como si nada hubiera ocurrido. ¡Háblame! Exijo respuestas –enfatizó.

-No tienes nada que responder. Esta no es una visita conyugal –intervino Marlok.

-Deberías subir a tu nave y marcharte para siempre y de paso llevarte a toda tu escoria que te acompaña –arremetió Samantha.

- ¡Ya está bueno jovencita! Será mejor que cierres la boca o tendré que pedirle a mi amigo Jacob que te la cierre –advirtió Marlok.

Marcus miraba atentamente desde su celda. Sentado en el suelo, apoyando su espalda en la pared. El pelo le tapaba parte de la cara y lo hacía parecer ajeno al contexto.

-Verán, no es necesario que se agiten para que no entremos en conflicto, o de otro modo, solo ustedes resultaran perjudicados –partió diciendo Marlok.

-No tienes que alarmarte. Somos indefensos tras estos barrotes –dijo Kharén.

-Buena acotación viejo decrepito. El encierro te sienta de maravilla –sonrió.

-Y hablando de maravilla –volvió a intervenir. Estoy aún más convencido de que el traspaso de administración fue la mejor opción para reestablecer cambios positivos al régimen.

- ¿Cambios positivos dices? ¡Sembrando miedo y pánico en la gente no conseguirás nada! –señaló Kharén.

-Tu llámalo miedo. Yo lo llamo respeto.

-Estas tan hambriento y deseoso de poder que no ves más allá de tus propios intereses. Tus acciones solo nos llevaran al inminente caos.

-No me digas a mi cómo tengo que reinar. ¿No entiendes que les estoy dando la posibilidad de resurgir? ¡De autocorregir el rumbo de la historia!

-Si bien antes de tu llegada nuestra sociedad no era perfecta, tratábamos de solucionar nuestros problemas sin afectar la colectividad. Con los pasos de los años iríamos mejorando hasta alcanzar un equilibrio y armonía natural.

-En primer lugar, no me hables de sociedad, mira que la peste de la humanidad se vino abajo por culpa de su propia administración. Es por eso que no puedo dejar en sus manos que decidan cómo deben vivir. La única oportunidad que tienen es seguirme para sobrevivir.

- ¡Estas completamente ciego! ¿En qué te basas para decir algo así? –preguntó Kharén.

-Tú, encerrado en tu burbuja de privilegios no sabes nada. Yo en cambio, te compartiré algo que sé –se sentó.

Comenzó Marlok su historia remontándose seiscientos trece años al pasado. Cuando el ser humano era ambicioso y autodestructivo. Egoístas en todo sentido y sin el más mínimo respeto a sí mismos ni a los demás seres vivos. Eran tiempos difíciles.

Ciudades devastadas, miseria, hambre y pobreza era el entorno al cual se habían acostumbrado por muchos años. Las grandes corporaciones se habían aprovechado de la mayoría de los ilusos que vendían su propia alma por un pago paupérrimo e insignificante.

Guerrillas internas provocadas por sumisos rumores destruían lo poco y nada que quedaba. Las ruinas y caminos solitarios solo eran vestigios del recuerdo de grandiosas y maravillosas ciudades.

Cuando los recursos naturales estaban al borde de agotarse todo empeoró. Si ya el hombre estaba desesperado, ese acontecimiento en particular sería el detonante de lo que sucedería más adelante, pues la energía renovable no fue una opción válida.

Sin combustible ni energía de ningún tipo, el mundo parecía inmóvil. Ya a esas alturas todo estaba perdido, hasta que de pronto descubrieron la manera de extraer la energía de las personas. Así sin más, un niño o un anciano eran asimilables a una pila y un adulto a una batería.

Y así fue cómo comenzó la cacería de humanos. Indiscriminada y sin escrúpulos, titánica generalizada que buscaba satisfacer las necesidades de los poderosos a costa de la devastación de su misma raza.

Fue entonces, cuando un grupo de visionarios puristas, tomaron las últimas reservas y, en modo de escape, evacuaron aquella natal tierra que entraba en un caos masificado y del cual preferían dejar atrás, con la idea de sembrar una semilla en alguna otra parte y comenzar desde cero.

Se detuvo en el relato, emocionado.

- ¿Entiendes ahora cuando te digo que la sociedad por sí sola no es capaz de ser autosustentable? Es por tal motivo que debo guiarlos, aunque sea en contra de sus voluntades —se irguió.

-Es bastante trágico y penoso lo que nos comentas, pero que eso haya pasado no significa que lo haremos nosotros. No somos herederos de ese mundo olvidado. ¡No es ni será nuestro legado! —preservaba su postura.

-Sigues sin entender viejo estúpido. Estoy dispuesto a hacer lo que sea necesario con tal de salvarlos. ¡Es mi misión más importante!

-Yo si entiendo su misión —dijo Arkey. Le imploro piedad y le juro lealtad.

- ¡Guarda silencio! —dijo Kharén.

-Quiero vivir y puedo serle útil, mi señor —se arrodilló ante Marlok.

- ¿Por qué no nos acompañas? Ya es hora que te muestres —Marlok miró hacia la entrada.

Apareció desde la puerta Jack y se acercó a pasos inaudibles.

- ¿Jack el silencioso? —murmuró Sam.

-Veo que conocen a mi nuevo amigo —dijo Marlok.

-Tiempo sin verlos —sonrió irónicamente Jack.

-Verás, no me gustan los lame botas. ¡Acabalo por mí! —le entregó a Jack su arma.

Jack sujeta la pistola y apunta a la cabeza de Arkey.

- ¡Alto! –gritó Sam. ¡Detente Jack, tú no eres un asesino! –le imploró.

- ¡Claro que lo soy! –afirmó el hombre. Así me sentenciaron cuando me desterraron. ¿No lo recuerdas?

-No eres una mala persona Jack, no lo hagas – suplicó Kharén.

-No tuviste la misma compasión cuando fuiste mi verdugo. No sabes por todo lo que tuve que pasar para so-brevivir. No tuve una vida decente viviendo aquí y menos allá afuera. Por suerte pude ver cuando llegó la nave y al tiempo después, tantos guardias desfilando llamaron mi atención. Sabía que algo no andaba bien. Me mantuve cauto y pude darme cuenta de que las cosas habían cambiado.

-Este pobre desalmado vino ante mí –intervino Mar-lok, y me pude dar cuenta que representaba una oportunidad en tu contra y, por tanto, esta de mi lado. ¡Ya mátalo! –volvió a ordenar.

- ¡No, por favor! –suplicó Arkey. Yo apelé por tu ino-cencia. ¡Debes creerme!

-Demuestra tu lealtad verdadera –volvió a intervenir Marlok.

Sudoroso, pensativo, ¡Bum! Sangre en la pared. El cuerpo se desmoronó y cayó al piso.

- ¡No, qué horror! –gritó Sam. ¡Son unos malditos!

Marcus apretó sus dientes. Sabía que si actuaba seria el siguiente.

Los otros dos asesores temblaron de miedo.

-Tanta maldad no tiene nombre –Kharén se tocó el pecho y se lamentó.

-Fui más que claro al decir que haría todo lo necesario para imponer mi posición.

Marlok, Jack y Francis comenzaron a caminar hacia la salida y este último giró su cabeza para mirar a Sam. La pobre muchacha lo observó con lágrimas en los ojos.

-Alimenta la caldera Jacob, se está poniendo helado –dijo Marlok cuando se retiraba.

Francis ayudó a llevar el cuerpo de Arkey para ser cremado y cuando se encontraba manipulando la tapa del horno sufrió accidentalmente una quemadura leve. Tuvo que ir a la enfermería para revisión. Adam sin siquiera saludarlo comenzó con su evaluación.

-Tuviste suerte, no es nada grave –aseguró.

-No pretendía que fuera grave. Solo necesitaba hablar contigo –dijo Francis.

- ¿Que dices? No tengo nada que hablar contigo.

- ¡Ssshh!, baja la voz. Necesito de tu ayuda para acercarme a Sam.

- ¡Aléjate de ella! ¿No te bastó con todo el daño que le hiciste?

-Necesito tu ayuda. ¡Por favor!

- ¡Jamás te ayudaré! No permitiré que le sigas haciendo daño.

- ¡No seas egoísta! o será acaso que… ¿Te gusta? ¡Eso es! Estás enamorado dc clla.

- ¡Ya cállate! No te ayudaré.

-No seas egoísta. Tengo un plan para sacarla, pero necesito tu ayuda. Si la amas como yo, debemos unirnos para liberarla.

- ¡Está bien!, pero solo lo hago por ella y no por ti. Dime que tengo que hacer.

- ¡Perfecto!, debes hacer todo lo que te diga. En tus visitas le iras pasando mensajes y cuando llegue la hora ejecutaremos el escape.

Francis y Adam se pusieron de acuerdo en los detalles y los encuentros que tendrían próximamente. Adam tenía clarísimo lo que debía llevar a cabo y de esta manera comenzaría a informar a Sam en las visitas que realizaba a los calabozos.

Al comenzar con las nevazones se paralizó la tala de árboles y al mismo tiempo se detuvieron las construcciones de las casas que estaban fabricando. De momento, asimilaban ruinas por aquí y por allá, en el intento de asentamiento de una villa.

Francis salió a caminar disimuladamente y cuando se perdió de la vista de los guardias, escondió unos paquetes en una de las casas, que a fin de cuentas asimilaba un pequeño refugio. De madera y aun sin terminar, muros de altura media y sin techo.

Estaba en eso cuando vio a Jack aproximarse y sentarse en una pila de troncos. Para capear el frio desenvolvió una petaca de vino de manzana y permaneció inmóvil, pensativo.

Escondido y agazapado, Francis se quedó mirando, esperando la oportunidad para salir sin ser descubierto, cuando de pronto apareció Rench en la escena.

-Así que por estos días eres el favorito de Marlok —decía burlesco.

- ¡No soy el favorito de nadie! –respondió Jack.

-Para que sepas, yo soy el puto amo y no dejaré que me desplaces.

- ¡Tranquilo!, yo no soy de quien debes preocuparte –llamó a la calma.

-No juegues conmigo o de lo contrario no dudaré en matarte –amenazó Rench.

- ¿Así como lo hiciste con el sujeto del rio?

- ¿De qué hablas?

-No te hagas el desentendido. Yo vi lo que hiciste cuando discutías con ese hombre.

Fue Rench entonces quien asesinó a Hakon –pensó Francis. ¡Maldito! –apoyó la cabeza en la madera y cerró los ojos un momento.

-Tuve que hacerlo. A ese idiota se le ocurrió enamorarse y nos iba a delatar. Corríamos peligro y no podía permitirlo ¿Si lo sabias por qué no me delataste?

-Te lo dije, no es de mi de quien debes preocuparte. Yo solo quiero ser respetado y anhelo vivir una vida con comodidades. ¡Eso es todo! –explicó Jack.

-Ya sé que ese chiquillo heredará el mandato de su padre, pero solo es un mocoso que no tiene lo necesario para liderar. Me rehúso a ponerme bajo sus órdenes algún día. ¡Preferiría morir!

-A mi nada de eso me interesa, como te dije, solo quiero mantener mi actual estatus –dijo calmado.

Charlaron otro poco, pero pasó una ráfaga de viento y Francis no pudo escuchar con claridad. Solo alcanzó a ver que Jack le entregó la petaca que portaba a Rench, este se la empinó y juntos retornaron al interior de la Ciudadela.

En los calabozos, Adam se encontraba revisando a Marcus, haciéndole el chequeo rutinario y, aprovechando la ocasión, le entregó una nota a Sam de parte de Francis. Samantha la guardó en su zapato y más tarde, aprovechando la luz de luna y un pestañeo del guardia, saco de entre sus prendas el pequeño bulto y abrió un papel viejo, amarillo, que decía con letras negras:

"Disculpa la tardanza, ya es hora de actuar, prepárate".

Samantha, desilusionada y sin convicciones, volvió a sentir un hilo de esperanza alojado en su corazón. Llevaba tiempo anhelando volver a la normalidad y, por sobre todo, liberar a su pueblo del rey tirano.

Rench, en su estado de paranoia, no aceptaba la idea de que Marlok aflojara en la decisión de liberar a Francis, quien los habría dejado en evidencia, de no haber actuado. Bajo su perspectiva, debían sentenciarlo a muerte. Por otra parte, y peor aún, el muchacho del cual renegaba todo mandato, era su superior y en un caso extremo podría incluso convertirse en el próximo rey. No podía entonces, perdonar la debilidad del mandamás.

- ¡Marla querida, tenías razón!

- ¡Siempre la tengo! —respondió la mujer, pero no me queda claro en qué. ¿Podrías ser más específico?

- ¡Alístate!, pues serás la nueva reina y yo por supuesto, el rey que merecen.

En su búsqueda de cohesión y fortaleza, argumentando la falta de autoridad y compromiso del rey, comenzó la búsqueda silenciosa de adherentes que pudieran someter el reinado impuro de Marlok. El ex capitán de la guardia sería su primera opción.

Capítulo X

Rebelión

-Brindemos mis amigos, ¡Brindemos! —entonaba Marlok.

Estaban dispuestos los hombres del rey, cenando en el comedor, como de costumbre. Bebiendo y pasando el rato. Contando aventuras, desventuras, victorias y fracasos.

- ¡Sigan bebiendo! —motivaba el rey supremo. Se han ganado el derecho de beber sin detención.

- ¡Amigos míos!, ¡piratas!, ¡guerreros! Al fin estamos viviendo el sueño que anhelamos por tanto tiempo. Desafortunadamente no en nuestro mundo, pero deben admitir que este no está nada mal, ¿no?

- ¿No es así Rafael? ¿No estoy en lo cierto Magnus? —preguntaba a sus hombres.

- ¡Extrañamos a nuestras familias! ¡Queremos a nuestras mujeres! —se escuchaba.

- ¿Familia escuché? ¿Mujeres dicen? No hay problema en ello. ¡Tomen una mujer, la que quieran y háganle una familia! Sean felices aquí, ¿Quién se los impide? ¿Que se los impide? ¡Adelante!

Ante señales de discordia, Rench percibió la posibilidad de conseguir algunos adeptos. A través de sus ojos vio corazones débiles, que podría corromper disuadiéndolos y plantando en ellos pensamientos de odio contra el rey.

Francis no veía tranquilo a Rench y, al mismo tiempo, podía percatarse del descontento disimulado de algunos compañeros. Debía estar atento entones, a los pasos y movimientos del hombre calvo, pues de algo sí que estaba seguro. A la primera posibilidad de mando que tuviera, Francis sería asesinado, al igual que Sam.

Claramente, era algo que no podía permitir y entonces debía acelerar los planes para liberar a Samantha. Tomar los resguardos necesarios para evitar el mismo destino que Hakon y convencer a los ciudadanos fieles al monarca, de luchar por su pueblo.

Adam por su parte, seguía visitando los calabozos con regularidad y seguidamente llevaba mensajes de parte de Francis. A esas alturas también había involucrado a Marcus en el plan de escape, pues era leal al monarca y de todas maneras necesitarían de su ayuda para llevar a cabo la tan anhelada liberación.

Aunque Samantha aun no comprendía a cabalidad y no tenía la certeza de que las cosas salieran bien, trataba de mantener una actitud positiva y, al mismo tiempo, transmitía a su padre y a los otros dos asesores tranquilidad y esperanza que, en esos duros momentos, fortalecían el espíritu y mantenían la mirada erguida.

Varias noches había pasado a la espera y, pensando por momentos, en diferentes temas relacionados a su vida. Principalmente en aquellas en que, afligida por el contexto mismo de la represión, recordaba a su madre. En sueños la veía, cual imagen cálida y reconfortante del que no quisiera despertar jamás.

-Oh amada madre, dame fuerzas ¡Te necesito! —suspiraba.

En retrospectiva, Sam se veía a sí misma recorriendo el camino que empezó de niña. Se desplaza por caminos de piedra. Hace una pausa para observar el paso de las nubes. Sigue avanzando, creciendo en el tiempo. Recordando la imagen de su padre, permanente y distante, y a sus amigos siempre a su lado. Ya de mujer y pensamientos más maduros, sigue adelante, aunque su camino de pronto llega a un muro que no puede atravesar. Se desespera, golpea con su mano, pero no puede avanzar. Teme quedar sin salida. Despierta.

Estaba helado, se hacía de noche y una fría ventisca azotaba la Ciudadela. Había poca iluminación y al guardia le costaba ver con claridad. De pronto, divisó una silueta que se acercaba lentamente.

- ¿Quien anda ahí? —preguntó.

Nadie contestaba.

- ¿Quién anda ahí? —volvió a repetir.

Silencio absoluto.

En cuanto la silueta era más clara, pudo ver que alguien se acercaba con un canasto en la mano y una manta que cubría por completo, desde la cabeza hasta los pies.

- ¿De nuevo tu por acá? Te dije que no regresaras.

Haciendo caso omiso de la advertencia, se seguía acercando.

-Esta vez te ira peor ¡Te encerraré! —amenazó el guardia.

-Hazle caso Rebeca, ¡vete! —aconsejaba Sam a lo lejos.

En cuanto se acercaba más y más, el guardia se paró de su asiento y raudamente fue en busca de la maestra.

- ¡Ahora sí que me las pagarás! —alzó la mano para despojarla de la manta.

Justo en el momento de quitarle la manta alcanzó a ver su rostro, pero no era el de la maestra.

- ¡Sorpresa! –Un puñetazo dejó noqueado a Jacob.

Terminó de quitarse la manta y para asombro de todos, se trataba de Francis, quien revisó al guardia y le sacó las llaves de las celdas.

-Debemos apresurarnos, ya es hora del cambio de turno –advirtió.

Acto seguido procedió a abrir la cerradura de la celda de Sam y posteriormente la de Marcus. Le siguió la del monarca y finalmente los asesores.

-Con cuidado su alteza –advirtió para que pasara.

Marcus arrastró a Jacob hasta su celda y tiró el manojo de llaves en la oscuridad.

-Bien, debemos movernos rápido –dijo Francis.

Sacó unas pieles que traía en el canasto.

- ¡Cúbranse del frio! –le pasó una piel a cada uno.

Ya listos, se dispusieron a salir de los calabozos, en silencio. Avanzaron en fila, estaba algo oscuro, pero llegaron sin inconvenientes hasta la sala de calderas. Se detuvieron antes de ingresar, miraron y siguieron su camino. Francis iba primero, le seguía Sam, luego el monarca, más atrás Marcus y finalmente los dos asesores.

Inesperadamente, un guardia pasó rodeando un pasillo y debieron detenerse al instante. Se hicieron señas con las manos, esperaron, y continuaron con la marcha. Atravesaron la reja que daba al cuarto de motores y de pronto se encontraron de frente con Will, quien estaba revisando unos monitores.

Se percató de la escapada y al mismo tiempo divisó al guardia que se devolvía. Les hizo una seña para que se mantuvieran inmóviles un momento y posteriormente dio la señal para que siguieran avanzando.

Rápidamente siguieron, pero ante tal nerviosismo, Ciro se cayó y pasó a llevar unas herramientas que dieron la alerta de que algo no andaba bien. El guardia se devolvió por instinto.

- ¿Qué ocurre? —le preguntó a Will.

-Nada, todo tranquilo —respondió manteniendo la calma.

- ¿Y ese ruido que escuché? —miró a los alrededores.

-No fue nada, se me cayeron unas herramientas.

Sam, Francis y los demás estaban escondidos tras una puerta. Marcus había empuñado una gran llave que parecía un garrote. Estaba listo ante la posibilidad de enfrentarse con el guardia. Sam desde el otro lado, le daba tranquilidad y le hacía gestos para que pasaran desapercibidos.

Para colmo de los escapistas, Ciro seguía muy nervioso y cuando Will ya tenía convencido al guardia, de pronto estornudó y generó la alerta en el vigilante.

- ¿Quién anda ahí? —dijo mientras comenzó a acercarse.

- ¡No fue nada! —volvió a intervenir Will.

- ¡Me estas engañando! Veré que sucede.

Se acercó para abrir la puerta y en eso Will se encaramó sobre él y lo sujetó por el cuello.

- ¡Huyan! —gritó.

Aprovechando la oportunidad, los seis prófugos salieron rápidamente y corrieron hacia la salida, atravesando calderas, cañerías y nubes de vapor. Iban cruzando el pasillo cuando de pronto eso se escuchó un disparo y acto seguido se escucharon dos más.

- ¡Will! –gritó Marcus. Se detuvo.

- ¡Debemos seguir! –señaló Francis.

-Vamos Marcus, no dejes que el sacrificio de Will sea en vano –dijo Sam.

El gigantón cerró los ojos y siguió avanzando, lamentándose ante tal perdida.

El sonido de los disparos, sin duda debió haber alertado a los demás guardias y, seguramente, era cosa de segundos para que se hiciera noticia el escape. De todas maneras, siguieron avanzando cautelosamente hacia los pasillos interiores, con la ayuda de un anillo linterna que portaba Francis.

De camino en los subterráneos, alcanzaban a divisar la salida y, en lo que se iban acercando, comenzó a sonar la alarma que advertía el escape de los prisioneros.

- ¿Que haremos ahora? –preguntó uno de los asesores.

- ¿Cuál es el plan? –preguntó el monarca.

-Por ahora, seguir avanzando –dijo Francis.

Ya acercándose cada vez más a la salida, notaron la presencia de algunos guardias que corrían. Tuvieron que quedarse quietos y apoyados en el muro por un momento.

En paralelo, Marlok ya estaba en los calabozos y se había encontrado con la sorpresa de que las celdas estaban vacías, exceptuando por supuesto, la que ocupaba Jacob, estando aun inconsciente. El rey estaba completamente enojado y fuera de sí.

- ¡Encuéntrenlos de inmediato! –gritó.

Pasaron dos guardias por el patio y luego quedó despejado el panorama para que los prófugos salieran de entre unas enredaderas cubiertas de nieve que ocultaban la salida. Salieron de a uno y avanzaron agachados para no ser vistos.

Así pasaron inadvertidos hasta llegar al desagüe que los llevaría al exterior. Uno a uno fueron bajando por la rendija. Había pasado Marcus y el monarca en primera instancia, hasta que en pleno acto fueron descubiertos.

- ¡Ahí están! –señaló un guardia.

De pronto un foco los iluminó y quedaron al descubierto.

- ¡Deténganse! –gritaron y se acercaron rápidamente.

- ¡Baja Sam! –dijo Francis ¡Voy tras de ti!

Sam bajó ágilmente y avanzó algunos pasos.

En lo que los guardias se acercaban, comenzaron a disparar. Francis empujó a Farid al desagüe y antes de que cogiera al otro asesor, este había caído herido al suelo. Francis se agachó y al verlo, se dio cuenta que era una herida grave.

- ¡Ya vete! –dijo moribundo Ciro.

Francis no tuvo más remedio que arrancar antes de ser capturado o alcanzado por un disparo y se arrojó al drenaje para continuar con el escape. Luego de varios metros lograron llegar al rio.

El monarca, debido a su edad, estaba extremadamente cansado.

- ¡Solo un poco más! –dijo Francis.

- ¡Sigamos! No descansaran hasta atraparnos –sugirió Sam.

Marcus cargó en su espalda al monarca y continuaron rio abajo. Los guardias les seguían los pasos entre el camino sinuoso que complicaba el avance de ambas partes. Fue difícil desplazarse entre árboles y nieve, pero finalmente llegaron a la playa.

Consiguieron avanzar un poco más y enseguida estaban siendo alcanzados por los guardias. Se podía ver en las cercanías un pequeño bote, así que, apresuraron el paso. Marcus subió al monarca y Francis ayudó a Sam a montarse.

Los guardias se acercaban a interceptarlos, mientras Marcus y Francis empujaban la embarcación para adentrarse en la mar. Uno de los guardias alcanzó a Marcus y este de un solo puñetazo se deshizo de él, pero más guardias se abalanzaban. Ante tal incertidumbre, Farid que ya estaba arriba del bote, y para darles tiempo, saltó por sobre el grandulón con los brazos abiertos y derribó a cuatro guardias que trataban de detenerlos.

- ¡Salven a mi señor! –gritó.

Aprovechando la oportunidad, Francis y Marcus dieron el último empujón y se subieron al bote, alejándose de la costa y remando a la par.

Los guardias detuvieron al asesor y lo llevaron hasta tierra firme. En eso Marlok había llegado a la playa para intersectar a los prófugos.

-Lograron escapar, señor –dijo uno de los guardias.

- ¿Cómo pudieron dejar que escaparan? –dijo enfurecido.

-Francis los guiaba, señor.

- ¡Cómo dices? ¡Maldición!

-Atrapamos a este con vida, pero el otro no tuvo la misma suerte.

- ¡Y este tampoco la tendrá! No tengo el premio mayor, pero al menos me quedo con el premio de consuelo.

Desenvolvió el arma que traía y no dudó en dispararle. Desde el bote escucharon el disparo y enseguida asumieron la muerte del pobre desdichado. Marlok y los guardias abandonaron la playa, pues no alcanzaban ni siquiera a divisar el bote en el océano.

Sam, Francis, Marcus y el monarca se encontraban prácticamente a la deriva. Estaba oscuro y hacia un frio que llegaba hasta los mismos huesos. Las pieles de Francis en algo ayudaban a capear y resguardaban el calor corporal.

Las estrellas eran compañeras y al mismo tiempo testigo de la proeza sin rumbo que daba la oportunidad de liberarse momentáneamente, a la deriva, por cierto, pero minúsculamente satisfactoria sensación de libertad, finalmente.

¡Paf! De pronto el sonido de una bofetada rompió el silencio abrumador de la soledad.

- ¿Por qué tardaste tanto en venir por mí? —recriminó Sam.

- ¡Ouch! —se quejó Francis, tocándose el rostro.

- ¡Respóndeme! —insistió.

- ¿Que querías que hiciera? Me encontraba prisionero al igual que ustedes.

- ¿Cómo así?

-Traté de advertirles acerca de los planes de mi padre, pero me abordaron antes.

- ¡Más tarde tendrán tiempo de hablar! –interrumpió el monarca. Por mi parte te estoy agradecido jovencito. Ahora debemos pensar en cómo salir de esta.

- ¡Exacto! –aseveró Marcus. No tenemos provisiones y somos un blanco fácil. Volvamos y demos pelea.

-En nuestra condición actual no es lo más aconsejable. Busquemos refugio mientras pensamos en qué hacer para recuperar nuestro hogar –señaló el monarca.

- ¡Luchar es la única opción! –reafirmó Marcus. Estoy seguro que se nos unirán los reparadores, los pescadores y los hombres de la caldera.

-Si me dejan hablar –solicitó Francis. Debemos apegarnos al plan.

-Tu plan nos costó algunas vidas muchacho –reclamó Marcus.

-Aun así, somos libres y estamos con vida ¡Cuenta con mi apoyo! –dijo Sam.

- ¡Sigamos! –sentenció el monarca.

Cogieron los remos con fuerza y bordearon la playa sutilmente, sin ser vistos. De esta manera llegaron a la costa por el otro extremo y desembarcaron rápidamente. Escondieron el pequeño bote entre las rocas y ocultaron todo rastro del retorno inesperado.

Con complicidad de la oscuridad, en gran parte, consiguieron desplazarse sin quedar en evidencia, hasta llegar finalmente hasta el sector de los ganaderos. Cruzaron la cerca y siguieron hasta las pesebreras. Abrieron la puerta y una cálida luz salía desde el interior.

- ¡Vaya que se demoraron! –apareció Lou en la escena.

- ¡Lou! –corrió Sam a abrazarla. ¡Me alegro tanto de verte amiga mía!

-Ya no te emociones tanto, me haces daño –sonrió.

-No pensé que serias una aliada de Francis.

- ¿Y de dónde crees que provienen las pieles que llevan puestas?

- ¡Gracias niña! –dijo Kharén.

-Por cierto, Sam, he cuidado bien de Niko.

- ¿Niko está aquí? ¡Oh, muchas gracias por todo!

Sam buscó con la mirada y se percató de que su amigo carnero estaba recostado sobre un montón de paja. Se le acercó y se arrimó a su lado. Tranquilo amigo, ya estoy de vuelta –le susurró.

Pasaron en el pesebre lo que quedaba de noche. Comieron guiso caliente y descansaron hasta el otro día, pues estaban momentáneamente seguros.

A la mañana siguiente, Lou se presentó ante los prófugos contándoles el alboroto que ocurría al interior de la Ciudadela. Había un caos entre Marlok y sus hombres y el pueblo se daba por enterado del exitoso escape. Y era obvio, debido a que todos habían escuchado la alarma.

Rench, por su parte, estaba más convencido que nunca que el liderazgo ejercido por Marlok iba en decadencia, primero por liberar a su hijo, y ahora, por el escape de los reclusos, guiados también por Francis.

- ¡Ya no hay excusas! ¡Tu hijo ahora debe morir! –sentenció Rench.

-Nadie matará a Francis ¡Nadie! Se trata solo de un capricho pasajero.

Ante la nueva muestra de debilidad, incluso algunos hombres de Marlok se cuestionaron su autoridad y se acercaban a Rench para ponerse a sus órdenes cuando fuera el caso.

Al mismo tiempo, Rench se había aliado con Bruce para generar la estabilidad que necesitaban y por su parte, el ex capitán estaba a dispuesto a colaborar en un nuevo atentado, guiado por las convicciones del hombre calvo.

Adicionalmente, había algunos radicales del clandestino que también se unirían a Rench ante una posible confrontación y estaba claro que Jack simplemente se uniría a quien resultase vencedor.

Al día siguiente, Lou volvió a aparecer con más noticias, pues había corrido la voz de que el monarca volvería, pero necesitaba el apoyo del pueblo para vencer la tiranía a la cual estaban expuestos.

- ¿Cómo te fue? –preguntó Sam.

-Te dije que tenía buenos amigos. Samuel, Pirlo y los demás pescadores se nos unirán.

- ¡Grandioso! –dijo el monarca.

-Algunos guardias también quieren vengarse por sus hermanos caídos.

- ¿Y los calderanos? –preguntó Marcus.

-Fueron los primeros en aceptar, aún están dolidos por la muerte de Will.

- ¡Espléndido! Sigamos corriendo la voz, con suma cautela eso sí.

-Si señor –acentuó con la cabeza Lou.

-Bien, sigamos preparándonos. ¡Debemos actuar pronto! –dijo Francis.

Sam era capaz de ver convicción en el actuar de Francis, sin embargo, no entendía del todo lo que pasaba por su cabeza, es decir, estaba dispuesto a enfrentarse a su propio padre. No era algo menor. Sin duda, no desconfiaba de él, pero de solo imaginarlo se preocupaba con demasía.

Porque claro, Samantha había tenido algunas diferencias con su padre. Insignificantes y profundas, pero de ahí a enfrentarlo es algo totalmente distinto. Si bien es parte de la juventud actuar en rebeldía contra los padres, finalmente llega un punto de reflexión y de aceptación, entendiendo que todas las restricciones, consejos mal entendidos y discusiones, son por el bien superior de los hijos.

- ¿Estás seguro que quieres hacer esto?

Sam se acercó a Francis, quien estaba sentado solo, sobre una cerca.

- ¿A qué te refieres?

-Hablo de rebelarte contra tu padre.

- ¡Sí, estoy seguro! Ya estoy cansado de seguirlo en sus ocurrencias que siempre terminan dañando personas y destruyendo cosas a su paso. Quiero alejarme de su legado y vivir mis sueños.

-Qué pena que hayas tenido que vivir todas esas cosas —lo abrazó con fuerzas.

- ¿Qué piensas hacer cuando todo termine?

-Quiero vivir aquí contigo, ese es mi sueño y no separarme más de ti.

Ambos se besaron y disfrutaron de un momento genuinamente hermoso. Amor puro que les salía hasta por los poros. Ambos irradiaban seguridad, confianza, pasión, ternura y afecto mutuo, hasta que llegó Niko, que con su cabeza se abría paso entre las pernas de los jóvenes enamorados.

- ¡Aaww!, si tú también quieres un poco de cariño –dijo Sam, mientras pasaba su mano por el lomo.

- ¡Entren! ¡Llegó la comida! –les avisó Marcus.

Todos comieron y ya entrada la noche se acostaron a dormir.

A la mañana siguiente, Sam despertó temprano y no percibió ningún rastro de Francis. Era como si se lo hubiera tragado la tierra. Recorrió las pesebreras de principio a fin, pero no pudo encontrarlo por ninguna parte.

Marcus y el monarca se alertaron de la situación y se quedaron mirando asustados, pensando en que quizás Francis los traicionaría. Ambos se levantaron rápidamente y salieron con cuidado, asomándose por la puerta, cuando de pronto divisaron al muchacho que se acercaba desde el otro extremo de la granja.

- ¡Ahí viene! –dijo Sam.

- ¡No salgas!

Sam salió en su búsqueda, haciendo caso omiso a la advertencia de su padre. Marcus no alcanzó a detenerla y simplemente se quedaron mirando desde donde se encontraban.

Al acercarse todavía más, pudieron distinguir un bulto que traía consigo Francis.

- ¡Buenos días! –dijo al momento de ingresar.

Dejó el bolso en el piso, abrió el cierre y sacó algunas armas que dispuso ordenadamente.

-Ahora ya estamos en condiciones de enfrentarnos.

- ¿De dónde las sacaste? —preguntó Marcus, cuando empuñó la más poderosa y preparó su puntería.

-Las hurté de la nave, aún quedaban algunas.

- ¡Bien hecho chico! —dijo el fortachón, golpeando su hombro.

-Buena jugada muchacho, pero esperemos no utilizarlas —reflexionó el monarca.

Más tarde, Lou también llegó con algunos artefactos tecnológicos que pudo recolectar de mano de los aliados que conseguía en el camino, pues toda ayuda servía y debían estar totalmente preparados.

Sam, aunque nerviosa por el contexto, estaba al mismo tiempo tranquila porque había hecho las paces con su padre. Ambos habían tenido la posibilidad de conversar de buena manera y con esto, los problemas quedaban en el pasado, con la oportunidad de redimirse en sus acciones y disfrutar el tiempo que les quedaba, unidos.

Mientras tanto, al interior de la Ciudadela, se vivía un tenso clima que complicaba la permanencia de los ciudadanos y las rencillas internas, más las recientes recriminaciones hacia Marlok acentuaban un panorama adverso, del cual se podía esperar cualquier cosa.

Para frenar posibles sublevaciones de grupos descontentos y ajenos al régimen del rey supremo, Marlok se antepuso y aumentó las restricciones de trabajo y libertades del pueblo, de manera de oprimir en mayor medida cualquier posibilidad de alzamiento y, al mismo tiempo, aprobó la pena de muerte para persuadir toda acción en su contra.

La opresión, el miedo y repudio crecieron considerablemente entre la multitud, activando de manera eruptiva la consciencia de la gente, que podría detonarse ante el más mínimo estimulo.

Rench, en tanto, y motivado por Marla, veía una clara opción para apoderarse y tomar el control de la Ciudadela y para ello, debía derrocar a Marlok. Ya contaba con algunos aliados y tenía la convicción de que él podría manejar las cosas mucho mejor.

Días más tarde las cosas seguían tal cual se venían desarrollando y no veían escapatoria inmediata ante el reinado oscuro que atormentaba la soberanía del pueblo. La crisis aumentaba internamente y se corría la voz del descontento generalizado.

Sam y los demás aparecieron ante las puertas de ingreso a la Ciudadela, las cuales estaban abiertas de par en par. Entre todos, parecía una delegación que se presentaba ante una junta corporativa. Fue extraño ver que no había guardias en el acceso y simplemente ingresaron. ¿Sería acaso que los estaban esperando? Claramente se trataba de una trampa, pero, aun así, hicieron ingreso.

Humo negro se esparcía lentamente en el aire. A medida que se adentraban en el patio principal, pudieron ver algunos cuerpos regados en distintas partes. Algunos acuchillados, otros acribillados y otros, masacrados.

- ¡Están todos muertos! –dijo Sam con voz quebradiza.

- ¿Qué fue lo que ocurrió aquí? –se preguntaba el monarca.

- ¡Llegamos tarde! –se lamentaba Marcus.

Escucharon un ruido e inmediatamente se giraron a mirar, pensando en alguna amenaza, pero para sorpresa de todos, se trataba de un ave trucha que salía corriendo despavorida.

La nieve que cubría el patio aun tenia evidencias de la batalla que se había librado. Sangre y cenizas, eran el reflejo del sacrificio inhumano sometido ante la cruda brutalidad del emplazamiento opresor del rey tirano.

Soledad absoluta y desconcertante. Panorama incierto que invita a la duda y abría paso al cuestionamiento innegable de lo acontecido. Desierto nevado incongruente que no daba señales claras de la matanza llevada a cabo.

De pronto, Sam ve que un cuerpo se movió entre las cenizas.

-Miren, hay alguien vivo —dijo.

Se apresuraron en ir a ayudar al desvalido. Al llegar lograron divisar dos cuerpos con heridas graves que no reaccionaban ante los estímulos y para asombro de todos, debajo de ambos cuerpos había otro más.

- ¡Ya sal de ahí! —dijo Francis.

Nada pasaba. Marcus introdujo su mano entre ambos cuerpos y elevó sin problemas a quien se escondía y simulaba estar muerto.

- ¿Jack? ¿Qué hacías escondido ahí? —preguntó Sam.

-Estaba asustado y me pareció buena idea ocultarme en la batalla —respondió mirando y moviendo los ojos.

-Vamos al grano y cuéntanos ¿Qué fue lo que ocurrió aquí? —preguntó el monarca.

- ¿Que quieren que les diga? ¡Todos se volvieron locos!

- ¡Danos los detalles! —solicitó Francis.

-Está bien, está bien. Todo comenzó cuando tuve un inconveniente con Harry, por el asunto de una apuesta que habíamos llevado a cabo. Había una doble interpretación del resultado y…

- ¡Eso no nos interesa! –interrumpió Sam. ¡Solo dinos que ocurrió aquí!

-Bueno, la cosa es que ya había algunas diferencias de opinión entre los guardias y conflictos al interior de los muros que se acrecentaban cada vez más. Con la liberación de Francis, Marlok demostró debilidad y Rench aprovechó la oportunidad para implantar dudas entre la multitud y así generar adherentes para derrocar al rey.

-Con el escape de ustedes, quedó más que claro que había dos grupos. Estaban los que seguían apoyando a Marlok y, por otra parte, los que querían un cambio en la administración.

-Todo empeoró cuando Marlok quiso demostrar que aún estaba vigente y decidió castigar a Jacob, pues lo hacía responsable de la huida. Fue entonces cuando lo colgó delante de todos a modo de reprimenda. La advertencia era clara. ¡No estaba permitido fallar!

-Para Rench fue fácil entonces conseguir los adherentes que necesitaba y esperó el momento indicado para atacar.

-Continúa, ¿Qué pasó luego? –preguntó Francis.

-Estaban almorzando como de costumbre y las miradas disimuladas no paraban. Había un silencio incómodo. Marlok debió haber sospechado algo porque se retiró imprevistamente con sus hombres más cercanos.

-Rench se paró para seguirlo, pero fue interceptado y en un parpadeo se generó una riña. La más grande que me haya tocado haber visto, debo señalar.

-Comencé a evacuar a los pobladores a sus dormitorios y les pedí que se encerraran y no permitieran el ingreso de nadie. Cuando venía de vuelta vi a Marlok pasar con armas y ya todo se descontroló. Apresúrate y únete a la batalla, me dijo.

-En esos momentos, el combate subía de tono y se había trasladado al gran salón. Había llegado gente del clandestino, radicales, aliados de Rench y quienes le habían jurado lealtad a Marlok también estaban presentes.

-Fue una completa masacre, con bajas de ambos lados. Pequeñas explosiones detonaban y destruían sin compasión, disparos a quema ropa, gente corriendo, acuchillados, ensangrentados y caídos.

-Yo no quería nada de esto ¡Se los juro! Salí al patio, donde pude ver que la batalla aun no terminaba. Miraba para todos lados y solo había violencia interminable.

- ¿Qué más ocurrió? —preguntó Sam.

- ¿Le parece poco? —dijo Marcus.

-No vi nada más —continuó Jack. Solo me escondí para salvarme de tan atroz matanza. Pude escuchar que habían acorralado a Marlok y todos volvieron a ingresar. Luego de eso aparecieron ustedes.

Habiendo escuchado el horroroso relato de Jack, había posibilidades de encontrar ciudadanos vivos. Debían entonces, actuar sobre la marcha y poner fin a la alzada revuelta que ponía en peligro la continuidad de la Ciudadela.

Capítulo XI

Un nuevo horizonte

Dicen que el final de una carrera es épico. Llegar a la meta agota todas tus energías, aunque mantiene viva la esperanza de saber llegar. Muchos creen que acabar primero es lo importante, pero olvidan que mantenerse activo y dar lo mejor de uno mismo es igual de importante y satisfactorio.

La constancia y responsabilidad son determinantes para hacer que tus sueños se cumplan. Ante cualquier eventualidad desafiante o por más que el camino este cuesta arriba, lo importante es mantenerse fiel a tus convicciones y luchar por lo que uno más quiere.

Es sencillo entonces, aferrarte a tus ideales y darle la vuelta a la vida. Por más mal que lo estés pasando, recuerda que hay personas detrás de ti que te necesitan y apoyan. Debes sacar fuerzas desde lo más profundo de tu corazón para salir adelante y luchar por lo que más deseas.

- ¡Resistan! ¡Resistan! –gritaba Marlok ¡No debemos caer!

La lucha de poderes seguía presente en el gran salón. Se enmarcaban fuertemente dos trincheras y desde ahí se estaban dando con todo.

Se estaban agotando los recursos bélicos y desde ambas partes había un desgaste natural. Hasta el momento, cualquiera de los dos bandos podría resultar victorioso, debido a que la tendencia aún no estaba del todo clara.

-Debemos aprovechar la oportunidad y desalojar a los ciudadanos –dijo Sam.

- ¡Toda la razón! –afirmó el monarca.

-Lou, ve con Sam y saquen a todos los que puedan. Yo me quedaré con Marcus alistándonos –dijo Francis.

Sam y Lou corrieron hacia los dormitorios, atravesando por un pasillo interno y esquivando toda amenaza posible. Se detuvieron en una intersección y vieron parte del conflicto. El panorama se veía desgarrador, pero continuaron en marcha.

Al llegar a uno de los dormitorios, trataron de abrir, pero no pudieron ingresar. Comenzaron a golpear la puerta y a anunciar que se trataba de ellas para que abrieran. Ante tal alboroto, Samuel abrió una parte de la puerta.

- ¡Rápido, entren! ¡Aquí estarán a salvo! –les dijo.

-No Samuel, debemos salir de inmediato.

- ¡Es peligroso! Somos muchos y podríamos quedar en medio de la batalla.

-Samuel, debemos salir ¡Ahora! –ordenó Sam.

-Está bien. Ya oyeron, debemos salir en cuanto podamos.

-Samuel, Pirlo guíenlos hacia el pasillo. La salida esta despejada ¡Apúrense! –decía Lou.

Niños, mujeres y hombres, comenzaron a salir sigilosamente. Uno tras otro iban marchando al compás de los estruendos y sonidos del impacto de las balas. Se apuraron y lograron llegar sin bajas hasta el patio.

-Diríjanse hacia el bosque –dijo Francis.

-Samuel, Pirlo y los demás, ¡Tomen un arma y cúbranse! – señaló Marcus.

Siguiendo con la evacuación, Sam y Lou ya estaban en el dormitorio colindante realizando el mismo ejercicio. El segundo grupo dirigido por Fausto, Aldo y Lucio tampoco tuvieron inconvenientes para salir sin ser vistos.

-Rench, nos estamos quedando sin municiones —dijo Bruce, mientras cargaba una pistola.

-Debemos terminar esto luego o nos veremos en serios problemas ¡Sigan disparando! —gritó Rench.

Francis y Marcus se alistaban y al mismo tiempo recibían al tercer grupo, guiado por Piero, Kan y Enzo, quienes tomaron posiciones en los puestos de vigías. Los demás siguieron avanzando hacia el bosque, hasta encontrarse con los otros ciudadanos que permanecían ocultos.

El monarca, quien también estaba oculto, se alegraba al ver que gran parte de su pueblo había sobrevivido del ataque y más aún, se ponían a salvo y se alejaban de la revuelta que lidiaban al interior.

- ¡No te daré en el gusto maldito! ¡El día de hoy todos moriremos! —gritaba Marlok, quien disparó un proyectil que voló un muro y las mamparas explotaron.

Ya quedaba el último grupo por salir, con Rebeca, Dante y Casio. De pronto todo se movió y fue difícil mantenerse en pie. Una nube de polvo acechaba y la visibilidad era escasa. El derrumbe había tapado el paso y si no querían quedar atrapados en la batalla, debían buscar otra salida.

Lou escoltó a Rebeca y le entregó un cuchillo. Por si las cosas se ponen feas, le había dicho.

-Francis ¿Que habrá sido ese ruido? ¡Debemos actuar ya! —dijo Marcus.

- ¡Esperemos! ¡No podemos abandonarlas!

Sam, Lou, Rebeca y los demás tuvieron que devolverse por donde mismo venían y se vieron obligados a subir por uno de los pasillos frontales. Desde ahí podían ver parte del patio, pero era muy alto como para que pudieran descender. No les quedó de otra que seguir avanzando y luego retomar el rumbo.

Para evitar el conflicto, el único camino viable fue bajar a los pasillos subterráneos y continuar a oscuras.

- Lou ¿Esto te hace recordar algo? –preguntó Sam.

-Tantos recuerdos de niña. ¡Cómo olvidarlos!

-Claro que esta vez no se trata de un simple juego.

- ¡Así es! Tenemos una enorme responsabilidad.

-Por favor sigan caminando y no se detengan.

En el bosque en tanto, los ciudadanos que habían logrado escapar se reencontraban y, de la mano de los monjes, oraban esperando que todo saliera bien. Al mismo tiempo anhelaban que el último grupo se les uniera sanos y salvos.

-Francis, no podemos seguir esperando más –decía Marcus.

-Debemos darles más tiempo. ¡Ya vendrán!

Justo en ese momento, se sintió otro fuerte ruido de iguales características. Se estremeció el suelo a sus pies y la preocupación se generalizó. No se sabía con exactitud lo que estaba ocurriendo y era claro que debían actuar pronto.

-Destruirán la Ciudadela Francis, ¡No lo podemos permitir! Debemos hacer que salgan.

- ¡Está bien, iré a preparar todo!

La contienda en el gran salón estaba pausada de momento, debido al segundo estallido y la poca visibilidad. Aturdidos y desorientados, buscaban refugio entre las improvisadas trincheras.

De momento, sobrevivir y triunfar era la meta de ambos bandos, que no daban pie a rendirse. Una tregua tampoco era una opción viable ante tal masacre sin precedentes.

A oscuras, el cuarto grupo aun trataba de salir del subterráneo. Era difícil la tarea, considerando el laberinto de pasillos, la nula visión, el contingente asustadizo debido a las explosiones y el temor de posibles derrumbes, que significaba quizás no alcanzar a salir con vida.

Sorpresivamente, se escuchó otro estruendo, pero esta vez mucho más fuerte que los dos primeros. Y así continuaron sonando más y más, de manera sucesiva. Fue tanto, que asimilaba un ataque a gran escala. Una verdadera guerra jamás vista en la era de la Ciudadela.

Seguidilla de explosiones constantes que alertó a Marlok y Rench, quienes quedaron perplejos y sin explicación ¿Será acaso que activaron las armas de la nave? De ser así se encontraban en serios problemas, pues nada podían hacer ante tal poder bélico.

Ambos bandos salieron rápidamente del gran salón y se dirigieron al patio para ver de qué se trataba y, de qué manera, se podían defender, aunque ello significara formar una alianza provisoria que les permitiera mantener el control absoluto.

Para sorpresa de todos, una vez que salieron, se sorprendieron al ver que los supuestos ataques y bombardeos no eran más que fuegos artificiales que salían disparados desde una casa a medio terminar. Se descolocaban a medida que miraban el cielo y observaban los radiantes destellos con formas irregulares.

Aprovechando la distracción, rápidamente fueron emboscados por Francis, Marcus y los demás miembros de la nueva resistencia que estaban dispuestos estratégicamente. Formaron un circulo alrededor de los hostiles, apuntándoles directamente y apoyados también desde los puestos de vigías en las alturas.

- ¡Suelten sus armas! ¡Están rodeados! –dijo Francis.

-No queremos mas muertos. ¡Ríndanse! –señaló Marcus.

Ante tal radical cambio de escenario, ambos bandos acorralados y en clara desventaja, se negaban a bajar sus armas. La consigna era determinante, si debían morir, lo harían peleando.

- ¿Matarás a tu propio padre? –preguntó Marlok.

-No quiero hacerlo, pero si me obligas, ¡Te dispararé!

-Te dije que debíamos matarlo –señaló Rench.

- ¡Cállate tu maldito traidor! Ya me las arreglaré contigo más tarde.

-Bajen las armas de una buena vez –insistió Marcus.

A pesar de las buenas intenciones del gigantón, los ánimos no cesaban y solo era cosa de segundos para que se desencadenara una nueva matanza.

Samuel y Pirlo apuntaban firmemente y cruzaban miradas. Estaban en un punto de no retorno y aunque era evidente el nerviosismo, no aflojaban su postura. Fausto, Aldo, Lucio y los demás estaban en la misma situación y ante la más mínima señal hostil no dudarían en poner término al conflicto.

Ya cuando las cosas se volvían más tensas, apareció el monarca en acción. Caminó lentamente entre sus servidores, generando tranquilidad y confianza. Estos al verlo, quedaron gratamente sorprendidos y dispuestos a ponerse bajo sus órdenes.

- ¡Ya todo ha terminado! ¡No hay necesidad de más violencia! –señaló Kharén.

- ¡Miren quien volvió! –dijo Marlok en tono burlesco.

-Estoy de vuelta y exijo que esto se detenga. Ya mucho daño le hicieron a mi pueblo. ¡Bajen sus armas y les prometo que vivirán!

- ¿Crees que somos estúpidos viejo arrogante? –dijo Rench.

Kharén dirigió su mirada a Bruce.

-Bruce, tú me conoces. Baja tu arma hijo. Te doy mi palabra de que serán tratados con justicia.

- ¿Y encarcelados de por vida? –No gracias. Prefiero terminar esto aquí y ahora –respondió Rench.

-Marla querida, por lo que veo solo tú puedes hacer cambiar de opinión a este hombre.

Marla miró hacia otra parte e ignoró las palabras del monarca.

-Parece que no llegaremos a acuerdo –sonrió Marlok.

Antes de que comenzara nuevamente el conflicto apareció Sam, Lou, Rebeca, Dante, Casio y los otros. Francis se alegró de verla a salvo y en su cara se notó una tremenda satisfacción. Samantha le guiñó un ojo a su amado y se posicionó al lado de su veterano padre.

- ¿Y los demás? –preguntó Marcus.

-Están a Salvo –respondió Dante.

-Somos mayoría ¡Todos ríndanse ahora! –sentenció Francis.

-Parece que están olvidando algo muy importante. Un mínimo detalle, pero sumamente importante –dijo Marlok. Al parecer han olvidado que aún tengo el detonador en mi poder.

Sacó de su bolsillo el pequeño aparato y lo levantó para que todos lo vieran.

-Me parece que llevo la delantera ahora. ¡Todos moriremos aquí y ahora! –dijo firmemente.

- ¡Una muerte gloriosa! –afirmó Rench.

- ¿Te refieres a la bomba que reinstalé en la nave? –dijo Francis.

- ¡Es una vil mentira! –dijo enojado Marlok.

- ¡Compruébalo y lo sabrás! A esta distancia resultaremos ilesos.

-No lo haga señor –murmuraban los hombres a su espalda. Es nuestro último recurso.

Marlok estaba dubitativo al no saber con certeza si lo que estaba diciendo Francis se trataba de la verdad. Parecía un engaño, pero en ese momento ya nada importaba.

-No me quiero quedar con la duda –dijo.

Volvió a levantar el detonador y lo presionó frente a todos, pero para sorpresa de él, no hubo ninguna explosión.

- ¡Maldición muchacho, arruinaste mi despedida!

-Ya admite que perdiste y ríndete –insistió Francis.

- ¡Sabes que eso no va conmigo! –dijo Marlok. Tienes valor muchacho, pero solo el sufrimiento te dará la fuerza que necesitas y te ayudaré con eso.

Marlok repentinamente apuntó su arma contra Sam y disparó sin remordimientos. Fue todo tan rápido que ni Francis ni Marcus, que eran los que estaban más cerca, alcanzaron a intervenir.

- ¡Noooo! –gritó Francis y disparó contra su padre, quien cayó al piso al instante, sonriendo.

Francis se dio la vuelta para mirar a Sam que estaba recostada en la nieve y sobre ella yacía el monarca agonizante, quien se había cruzado para evitar que le dispararan a su amada hija.

Rebeca aterrorizada, corrió para socorrer a Kharén. Lo cogió de los hombros y lo movió liberando a Sam, quien se hincó y le afirmó las manos.

-Tranquilo padre, ¡Todo saldrá bien! –le decía con voz quebradiza.

El disparo había dado en el estómago del monarca y el panorama no era esperanzador. Sangraba por la herida que Rebeca trataba de frenar y por la boca también.

-Perdóname mi amor –dijo Kharén mirando al cielo y exhaló su último suspiro.

Sam se puso a llorar sobre el pecho de su fallecido padre y los demás aliados se lamentaban por la pérdida de su líder, aunque no dejaban de apuntar sus armas.

- ¡Todo esto es por tu culpa! –dijo Rebeca, quien se abalanzó sobre Rench con un cuchillo en su mano.

Con un certero disparo, Rench sentenció el ataque de Rebeca, cayendo en el intento de venganza y muriendo al instante. Bruce impactado al ver lo ocurrido le disparó en la cabeza a Rench, dejándolo abatido.

Sangre esparcida, sus rodillas tocan el suelo y su cuerpo se desploma.

Marla gritó y apuntó a Bruce para matarlo, pero Lou en un acto sagaz le lanzó un puñal que conectó en su pecho y le atravesó el corazón. Sin oportunidad alguna, Marla cayó desvaneciéndose inmediatamente.

Disparos continuos y al aire se escucharon.

- ¡Ya basta! –gritó Marcus ¿Cuantas muertes más quieren?

Bruce fue el primero en bajar su arma.

-Ya no quiero nada más. Todo está perdido –dijo mientras acariciaba el cuerpo de Rebeca. ¡Te fallé mi amor! –se lamentó.

Los demás también comenzaron a bajar sus armas y se rindieron sin oponer resistencia alguna. Conscientes de la masacre y ya sin líderes que los guiaran, asumían la responsabilidad y estaban dispuestos a acatar las reprimendas que fueran necesarias.

Dante y Casio recogieron las armas y las agruparon para guardarlas más tarde en algún lugar seguro, fuera del alcance de cualquier amenaza.

Sam y Francis se abrazaron profundamente. Afortunadamente salieron ilesos de la batalla, pero sin duda sus corazones estaban dolidos por los recientes acontecimientos y las grandes pérdidas que habían sufrido.

Al mismo tiempo, había una satisfacción de haber salvado al pueblo y de retomar el control de la exhausta y dañada Ciudadela.

La gente comenzó a salir del bosque y retornaron por el portón. Venían agrupados, caminando tímidamente. Había cierta incertidumbre, pero anhelaban reencontrarse con sus compañeros.

- ¡Hey Lou! –gritó Adam, quien corrió a su encuentro.

Al llegar se pudo percatar que el monarca y Rebeca estaban tendidos en el suelo.

- ¡No hay nada que puedas hacer! Ya están muertos –dijo tristemente Lou.

Los demás habitantes quedaron horrorizados al ver a quien, por años, reconocían como su líder, sin signos vitales. Todos bajaron la cabeza y respetuosamente le brindaron un sentido homenaje en su nombre.

Leyla estaba parada al lado del cuerpo de su maestra y amiga.

-Tranquila pequeña. Seguramente en estos momentos está en un lugar mejor –dijo Sam mientras la consolaba.

- ¿Por qué tuvo que morir Sam? No es justo ¡La quiero de vuelta! ¡Tráela de vuelta! –decía descontrolada.

La postal era conmovedora y los habitantes lloraban la partida de sus amigos y compañeros caídos.

-A todos les digo que nos levantaremos de esta –decía Sam. Trabajaremos unidamente en recuperar nuestro hogar y saldremos adelante ¡Todos juntos! Reconstruiremos cada rincón y haremos de nuestra Ciudadela el paraíso que todos anhelamos.

-Y a ustedes también les digo —en ese momento se dirigió a los hostiles que estaban siendo encaminados a los calabozos. Si quieren ayudarnos en la reconstrucción serán bienvenidos. No tenemos tiempo para cultivar odio entre nosotros.

-Le agradezco la oferta, pero prefiero el exilio. Debo pagar por mis actos —dijo Rafael.

Otros también se le sumaron.

Sam miró a Francis, quien asintió con la cabeza.

-Está Bien. ¡Déjenlos ir!

-Si me permiten redimirme, estoy a su disposición —dijo Bruce.

-Nosotros también queremos ayudar —dijeron los demás.

-Estoy segura de que mi padre, ajeno a la violencia, habría preferido el trabajo mutuo y colaborativo. En honor a su nombre debemos ser fuertes y mantenernos unificados. Colaboremos entre todos, amémonos y vivamos nuestros sueños.

- ¡Viva la reina Samantha! —gritó la abuela Antonieta.

- ¡Que viva la reina! ¡Que viva la reina! —se escuchaba a coro.

Sam y Francis se tomaron de las manos y juntos las alzaron en el aire en señal de triunfo. Marcus abrazó a ambos y los levantó con fuerza. Era más que claro que el grandulón los ayudaría a realizar sus sueños, en beneficio de su querido pueblo.

-Lo de la bomba fue espectacular. Aun no comprendo ¿Cómo lo hiciste? —preguntó Marcus.

-Yo no hice nada. Debemos agradecerle a Will y Rebeca, quienes lograron desactivarla.

-Los recordaremos por siempre. ¡Valientes hasta el final! –reflexionó Sam.

- ¿Sabías que antiguamente las personas enterraban a sus muertos? –preguntó Francis.

-Debemos retomarlo. Necesitaré visitar a mi padre y amiga para que me guíen en este difícil momento.

Pasaron un par de días y los trabajos de reconstrucción se detuvieron momentáneamente. Todos los habitantes asistieron al funeral del recordado monarca Kharén y la querida maestra Rebeca. Quienes serán eternamente recordados en el nuevo cementerio del valle.

Una ceremonia sencilla y respetuosa, que a la vez sepultaba el mal pasar al que se vieron obligados a vivir, por suerte, provisoriamente. Palabras sinceras y reales provenientes de voces cercanas, que despedían y deseaban buen viaje a sus seres queridos.

-Ante todos los aquí presentes y en memoria de los que ya se fueron, prometemos servir con honor y apego a nuestra bella Ciudadela –conmemoraba Samantha, de la mano de Francis.

Una vez terminada la ceremonia y de camino a casa, en silencio, Sam intervino tardíamente.

-Francis ¿Por qué nadie sugirió regresar al nuevo mundo? Sería un destino mejor que el exilio ¿No te parece?

-Verás, las cosas no terminaron bien para nosotros y seguramente no seríamos bien recibidos. Por otra parte, no tenemos combustible necesario para volver y de seguro quedaríamos varados en medio de la nada.

-Que agonía, me habría gustado conocerlo.

-Quien sabe, quizás encontremos la manera de recargar energías. Te sorprenderías al ver los tres planetas que se asoman por las mañanas.

Ambos continuaron de la mano, guiando a la totalidad de habitantes que les seguían el paso, sabiendo la enorme responsabilidad que recaía en sus hombros. Caminando al encuentro de un destino prospero, hacia un nuevo horizonte.

EPÍLOGO

Después de terminado el conflicto vino la calma. Es importante tener la claridad de que luego de cada subida, por consiguiente, vendrá una bajada que mantendrá incertidumbre en primera instancia. Lo importante es mantenerse estable y pensar cada acto, cada posible situación y cada consecuencia para no cometer errores, y si así fuera el caso, no hay que atormentarse, pues aprender de ellos es la clave.

Trabajando unidos, los ciudadanos comenzaron con la reconstrucción, no tan solo de los cimientos y muros dañados, sino también en la recuperación de la confianza, en sanar heridas de cuerpo y alma y en el regocijo mismo de saber levantarse ante la adversidad.

Una vez conocido el genocidio ocurrido de antaño, sumado a las malas prácticas de la sociedad, el descuido del medio ambiente y los recursos naturales, hacían pensar en el énfasis que debían aportar a la continuidad de la subsistencia y la protección de la naturaleza. La madre tierra necesita atención constante.

Samantha representa la perseverancia y los cuestionamientos que debemos hacernos frecuentemente. Las opiniones y el respeto mutuo son importantes para guiar a los desprotegidos y, de la mano de Francis, aportarán con entusiasmo, empatía y comprensión, hacia un futuro prometedor.

Quiero agradecer a Dios en primer lugar, por darme la oportunidad de tener salud y trabajo para desarrollar esta idea. A mi familia por aguantarme día a día y ayudarme en todo, en especial a mi lela Inés Maturana por brindarme espacio y tranquilidad para escribir y a mi tata Héctor Rojas por inculcarme e introducirme, de alguna manera, a la escritura.

Agradecer también de sobremanera a Yahira Badilla, quien escuchaba con atención todas mis historias e ideas alocadas y visionarias que planeaba incluir en el texto y quien también me orientó en algunos pasajes de los mismos. Gracias también por leer cada capítulo y darme tu opinión y alentarme en continuar con la redacción y finalización del libro. Gracias por cada consejo y aprendizaje.

Gracias a quienes se dieron el tiempo de leer algunos capítulos y me dieron reflexiones y comentarios buena onda. A mi hermana Xiomara y su novio Lucas por decirme que estaba genial y se imaginaban leyéndolo en la escuela, a mi primo Claudio Maturana por alentarme, a mi amigo de colegio Sergio Vásquez por guiarme en el contenido, a Nancy Badilla por decir que estaba bueno y a la amiga de la yiya y su novio, quienes me dieron esperanza y me subieron la autoestima cuando necesitaba creerme el cuento de que era capaz de escribir mi primer libro.

Quisiera agradecer además a mi amigo Javier Escobar por decirme que sería el primero en comprarme el libro y darme energías, y a todos aquellos que alguna vez les comenté y me dieron ánimos para continuar.

También hago mención a mis amigos "búfalos", quienes a "su manera" me dieron apoyo incondicional diciendo que no llegaría a ningún lado y nadie compraría el libro. No los nombraré, pero están más que claros quienes son. Se los dedico muchachos.

Y en especial gracias a ti, por darte el tiempo de leer este lindo proyecto. Espero de todo corazón que hayas disfrutado esta historia escrita con el alma. Gracias.

INDICE